CONTES TJAMES

TRADUITS ET ANNOTÉS

PAR

A. LANDES

ADMINISTRATEUR DES AFFAIRES INDIGÈNES

SAIGON

IMPRIMERIE COLONIALE

1887

CONTES TJAMES

CONTES TJAMES

TRADUITS ET ANNOTÉS

PAR

A. LANDES

ADMINISTRATEUR DES AFFAIRES INDIGÈNES

SAIGON

IMPRIMERIE COLONIALE

1887

CONTES TJAMES

AVERTISSEMENT

Les Tjames (Chams, Quiames, Ciampois), peuple dont le passé
historique ne nous a été jusqu'ici connu que par les annales
annamites, forment deux groupes principaux, habitant l'un le
Bình Thuận, l'autre le Cambodge. Entre ces deux groupes sont
dispersés de nombreux villages peuplés par des individus de
race plus ou moins pure et dont les dialectes paraissent au moins
fortement mêlés de tjame, s'il faut en juger par les vocabulaires
rapportés par les voyageurs.

Quoique établis dans le voisinage immédiat de notre colonie,
et quelques-uns dans ses limites, les Tjames étaient une des
populations les plus inconnues de l'Indochine lorsque M. Aymonier
visita le groupe du Bình Thuận. Il connaissait déjà le groupe
cambodgien, groupe immigré et, semble-t-il, sans grande impor-
tance, et avait même publié, dans le tome IV des *Excursions et
Reconnaissances*, p. 167-186, une notice sur leur écriture et leur
langue. M. Aymonier, dans la relation de son voyage au Bình
Thuận, a fait connaître le régime auquel les Tjames ont été sou-
mis par les dominateurs annamites ; il nous promet, pour un

temps prochain, une étude d'ensemble sur la langue, les mœurs
et la littérature de ce peuple ; de nombreuses inscriptions enfin,
recueillies par ses soins et complétées par les traditions locales,
renouvelleront sans doute l'histoire des Tjames et nous la présen-
teront sous un autre jour que la sèche et sanglante chronique
annamite.

Après avoir longtemps attendu cette publication qui doit ouvrir
un champ nouveau aux études indochinoises, j'ai cru qu'il me
serait permis de la devancer dans le modeste domaine du *folk
lore* en publiant quelques contes recueillis à Saigon parmi les
Tjames qu'y avait amenés M. Aymonier. Le principal contribu
teur a été un Tjame de Phanri nommé Mul Tjœk qui, poursuivi
par ses créanciers, s'était réfugié chez le chef montagnard que
nous appelions Patao. Celui-ci l'employa naturellement à des
corvées, et Mul Tjœk, mécontent de son sort, s'échappa et vint
échouer à Saigon où il me fut amené. M. Aymonier le prit à son
passage, l'emmena au Bình Thuận et le ramena avec plusieurs
autres.

Pendant ce second séjour je fis écrire par Mul Tjœk les contes
qui font l'objet de la présente publication. Il les écrivait en tjame
et me les expliquait en annamite. Quelques exemplaires du texte
et du lexique qui le complète ont été autographiés pour l'usage
des personnes que peut intéresser l'étude de la langue tjame.
Pour les amateurs de *folk lore* la traduction suffira. J'ai suivi
d'aussi près que je l'ai pu les explications de mon guide, mais,
quoique les textes soient assez étendus et ne paraissent pas offrir
de difficulté particulière, je ne puis espérer avoir échappé à toutes
les inexactitudes de détail si difficiles à éviter dans la traduction
d'un texte écrit dans une langue dont il n'existe pas de dictionnaire
et où je n'avais d'autre secours que les alphabets et les notions
de grammaire donnés par M. Aymonier. J'ai dû observer dans
cette traduction la littéralité la plus stricte afin que mon travail

puisse servir à son tour à ceux qui voudront étudier le tjame à l'aide des textes autographiés. La prolixité de la traduction ne donnera encore qu'une idée affaiblie de celle du texte où le manque de pronoms amène à tout moment la répétition des noms.

La plupart des contes que l'on trouvera ici peuvent être rapprochés de quelqu'un des contes annamites qui ont été précédemment publiés. Dans le plus grand nombre des cas c'est le récit tjame qui est le plus circonstancié et paraît la source de l'autre. Il n'en est cependant pas toujours ainsi, mais les moyens d'information ont été trop limités pour que l'on puisse tirer dès maintenant aucune conclusion. Il sera temps d'y penser lorsque l'on aura pu recueillir sur place un texte définitif.

I

NOIX DE COCO

Ceci est l'histoire de Noix de Coco.

En ce temps-là, il y avait un homme et sa petite fille qui étaient très pauvres. Cet homme et sa petite fille allèrent faire du bois; ils portaient un panier de riz, une gourde d'eau et une serpe, ils les chargèrent sur un char et l'attelèrent pour aller faire du bois dans la forêt. Arrivés à la forêt l'homme et sa petite fille mangèrent, ensuite ils allèrent couper du bois. A midi ils eurent soif; la petite fille alla chercher de l'eau pour boire, elle vit de l'eau jaillir du milieu des rochers et remplir une roche.

La petite fille but et se baigna, ensuite elle revint dire à l'homme ce qu'elle avait vu. L'homme dit à sa petite fille de venir lui montrer cette eau afin qu'il bût; elle la lui montra, mais l'eau du rocher s'était toute séchée. L'homme demanda à sa petite fille comment il se faisait qu'il vit des traces d'humidité sur ce rocher et qu'il ne vit pas d'eau. La petite fille lui répondit : Tout à l'heure j'ai vu l'eau en déborder, j'ai apaisé ma soif en y buvant et je m'y suis baigné tout le corps, comment se fait-il que maintenant l'eau soit toute séchée ?

L'homme avait soif et ne savait comment faire ; il ordonna à sa petite fille de ramasser le bois et de le charger, ensuite il attela sa charrette pour aller chez lui.

Quand la petite fille eut été à la maison environ sept jours elle se trouva enceinte. Les notables du village grands et petits saisirent son grand-père et sa grand'mère et leur dirent : Comment votre fille est-elle enceinte sans qu'on lui connaisse de mari ? Les parents dirent : Nous demandons à dire ceci aux seigneurs notables. Quant à notre fille, depuis son enfance jusqu'à maintenant elle n'a jamais été gaudrioler avec personne. L'autre jour elle suivit son père pour aller faire du bois dans la forêt, elle eut soif et elle alla boire. Elle vit de l'eau jaillir du milieu du rocher, elle en but et se baigna ; ensuite elle revint le dire à son père. Son père lui ordonna de le mener boire ; elle l'y mena et ils virent que l'eau du rocher avait tari. Alors ils chargèrent leur bois et revinrent à la maison. Notre petite fille est devenue enceinte parce qu'elle a bu l'eau de ce rocher.

Les notables et les gens du village n'accusèrent plus les parents. Quand la petite fille eut été enceinte neuf mois elle accoucha d'un garçon rond comme une noix de coco. Il grandissait de jour en jour ; à sept mois il sut parler, à un an plein il savait marcher et allait jouer à la forêt, à trois ans il sut garder les chèvres.

En revenant de garder les chèvres il dit à sa mère de le louer au roi pour garder ses buffles. Sa mère lui répondit : Tu n'as ni mains ni pieds, tu ne peux que rouler ainsi deci delà, tu n'as à garder que trois chèvres et j'ai peur que tu ne les perdes, et maintenant tu me dis de te louer au roi pour garder ses buffles. Comment feras-tu pour ne pas en perdre, de ces buffles si nombreux? Sa mère ne voulait pas le louer, mais il ne l'écoutait pas et constamment il lui disait d'aller parler au roi pour qu'il le prit. Sa mère consentit donc à aller parler au roi.

Quand elle arriva à la grande porte du roi les chiens aboyèrent. Les serviteurs (1) de gauche et de droite demandèrent : qui vient là pour que les chiens aboient? La mère de Noix de Coco répondit : C'est moi! Les serviteurs de gauche et de droite lui demandèrent : Que viens-tu faire? La mère de Noix de Coco dit: je viens parler à sa Majesté. Mon fils Noix de Coco m'a dit de venir le louer à sa Majesté pour garder les buffles de sa Majesté.

Les serviteurs de gauche et de droite rentrèrent et avertirent le roi. Ils dirent : Poussière de la plante des pieds de votre Majesté, voici que la mère de Noix de Coco vient demander les buffles de votre Majesté pour que son fils les garde.

Le roi ordonna aux serviteurs de gauche, aux serviteurs de droite de faire venir Noix de Coco et sa mère. Les serviteurs de gauche et les serviteurs de droite appelèrent la mère de Noix de Coco et Noix de Coco. Ils entrèrent, et alors le roi demanda à la mère pourquoi elle lui amenait son fils. La mère répondit : Poussière de la plante des pieds d'or, mon fils Noix de Coco m'a dit de venir le louer à vous pour qu'il garde vos buffles. Le roi lui dit : Mes buffles, trente serviteurs les gardent sans succès et ils n'évitent pas d'en perdre. Mes buffles sont au nombre de trois cent mille. Comment Noix de Coco les gardera-t-il avec succès?

Le roi dit à Noix de Coco d'approcher et lui dit : Mes buffles sont au nombre de trois cent mille, les garderas-tu avec succès?

(1) Je traduis par *serviteurs* le mot *pannong* qui désigne des officiers royaux.

Noix de Coco répondit : Je les garderai avec succès. Le roi alors dit à la mère : Puisqu'il en est ainsi, soit! J'accorde à Noix de Coco de rester ici, demain matin il ira garder les buffles. La mère revint à la maison et Noix de Coco resta avec le roi. Quand vint le jour, les serviteurs du roi ouvrirent aux buffles pour que Noix de Coco allât les garder. Ils firent sortir les buffles de l'étable, prirent Noix de Coco et le posèrent sur le dos des buffles. Ensuite ils chassèrent les buffles pour que Noix de Coco allât les garder dans la brousse.

Les serviteurs du roi chassèrent les buffles dans la brousse pour Noix de Coco, ensuite ils retournèrent à la maison. Ils se disaient les uns aux autres par le chemin en revenant : Nous étions une troupe, nous avons conduit ces buffles pour que Noix de Coco les garde, il fera comme nous et il en perdra.

Sur le haut de midi la plus jeune des filles du roi porta le repas à Noix de Coco. Elle vit les buffles qui mangeaient réunis en groupe, mais elle ne vit pas Noix de Coco. La princesse cria : Noix de Coco, où es-tu, que je ne te voie nulle part? Noix de Coco répondit : Me voici ! et il roula jusqu'à la princesse. Ensuite il prit le riz et mangea et la princesse revint à la maison.

Le soir Noix de Coco ramena ses buffles à la maison; il sauta sur le dos d'un buffle et les ramena à la maison. On y voyait tous les buffles, de tous il ne s'en était pas perdu un seul. Le roi se dit intérieurement : Mes gens étaient toute une bande et cependant ils gardaient ces buffles sans succès. Aujourd'hui voilà ce Noix de Coco sans pieds ni mains qui les garde avec succès. Comment est-il donc fait?

Le lendemain il ordonna à Noix de Coco de prendre une serpe et lorsqu'il verrait quelque liane de la couper et de l'enrouler autour de la corne d'un buffle et de les rapporter à la la maison, car, dit-il, ma palissade tombe en ruines. Un jour tu en feras un tas, un autre deux et chaque jour tu en ajouteras davantage.

Le roi donna cet ordre à Noix de Coco. Lorsque vint l'heure les serviteurs ouvrirent aux buffles pour que Noix de Coco allât les garder, et ils le mirent sur le dos d'un buffle; ils y mirent aussi avec lui une serpe, ensuite ils chassèrent les buffles pour que Noix de Coco les gardât.

Ce jour là la princesse porta son repas à Noix de Coco. Arrivée au lieu où il gardait les buffles, elle se cacha pour épier par quel artifice étant sans mains ni pieds, il arrachait les lianes. La princesse vit que Noix de Coco avait créé des serviteurs innombrables. Il y avait là un palais, des chèvres, des porcs, des poules qui chantaient, des chiens qui aboyaient pour divertir Noix de Coco; des hommes et des femmes de tout âge, jeunes garçons et jeunes vierges allaient chercher les lianes, une partie gardait les buffles. La princesse vit tout cela sous ses yeux et comprit que Noix de Coco avait un pouvoir magique. La princesse conserva ce secret dans son cœur, elle ne le fit connaître à personne.

Alors la princesse fit semblant de chercher Noix de Coco: Viens prendre ton riz pour manger, Noix de Coco, cria-t-elle. Aussitôt celui-ci ordonna à ses gens de rentrer sous terre et il roula jusqu'à la princesse pour prendre le riz et le manger. La princesse revint à la maison. Le roi lui dit : Comment reviens-tu si tard de porter le riz? Elle répondit : Je me suis égarée dans le chemin, Seigneur!

La princesse mentait au roi; elle était en retard parce qu'elle s'était cachée pour épier les sortilèges de Noix de Coco. Le soir venu Noix de Coco chassa les buffles vers la maison. Il appela de nouveau tout son peuple à sortir de terre pour le servir.

Les uns enroulaient les lianes autour des cornes des buffles, les autres conduisaient les buffles ensemble, d'autres le servaient lui-même. Les gens enroulèrent les lianes autour des cornes de tous les buffles et ils conduisirent les buffles. Au milieu du chemin Noix de Coco ordonna à ses gens de rentrer tous sous terre et il ramena tous les buffles à la maison. Le roi le loua, et dans tout le pays, grands et petits, tous firent l'éloge de Noix de Coco. Le roi dit à ses gens d'aider à défaire les lianes enroulées autour des cornes des buffles et l'on trouva qu'il y en avait cent charrettes.

Le lendemain Noix de Coco alla garder les buffles et la princesse lui porta son repas une fois encore. Elle se cacha pour voir une fois encore ce qu'avait créé Noix de Coco. Elle vit des hommes et des femmes, des jeunes filles remplissant les cours par milliers et par milliers. Ils servaient Noix de Coco. Tous les animaux de la forêt, bœufs sauvages, cerfs, éléphants blancs, tigres, ours, avec toutes les espèces d'oiseaux des bois, tiong, bajœn, paons, tjagur bêtj, tourterelles, merles, vanneaux, tous venaient rendre hommage à Noix de Coco. C'était plus beau qu'aucune chose.

En même temps le son des trompettes, des tambours, des sharanaï se faisait entendre pour divertir Noix de Coco; les poules chantaient, les chiens aboyaient comme si ç'eut été un lieu habité par les hommes.

La princesse monta sur un arbre et regarda sans se laisser voir; elle coupa des feuilles des arbres pour se cacher. La princesse regardait si elle voyait Noix de Coco occupé à garder, mais de son arbre elle ne le voyait pas. De l'arbre elle le vit enfin sortir de son enveloppe avec une beauté incomparable. Il était beau comme la lune de la nuit qui suit la pleine lune, ses gens jouaient du tambour et des cymbales, soufflaient de la trompette et de la trompe pour le divertir; il lui rendaient hommage et se groupaient tous autour de lui. Quant à Noix de Coco il se tenait au milieu d'eux. La princesse le vit et devint amoureuse dans son cœur, mais elle n'en dit rien.

Noix de Coco se souvint qu'il se faisait tard et que la princesse allait venir lui porter son repas. Il ordonna à ses gens de rentrer dans la terre et lui-même rentra dans son enveloppe. La princesse à la vue de sa beauté en était devenue amoureuse, mais elle ne savait que faire. Quand elle eut longtemps regardé elle descendit de son arbre et fit semblant de l'appeler. La princesse cria : O frère aîné Noix de Coco, viens prendre ton riz pour manger. Noix de Coco en hâte rentra dans son enveloppe et roula jusqu'à la princesse. Il prit le riz, ensuite il dit à la princesse : Ne m'appelez pas frère aîné. Appelez-moi comme auparavant *garçon* et voilà. La princesse dit : Auparavant je n'était pas encore familière avec le frère aîné, c'est pourquoi je vous appelais *garçon* ou *maître,* frère ainé ! Maintenant vous gardez mes buffles; vous êtes seul et les buffles sont toute une troupe, de plus vous coupez les lianes. Autrefois les gens étaient toute une bande et ils ne coupaient pas de lianes; tandis que vous seul vous gardez le troupeau de buffles et vous coupez les lianes. Vous voyant souffrir ainsi mille maux et garder seul les buffles dans la brousse j'ai été plus touchée de compassion que si vous eussiez été mon propre frère.

Noix de Coco répondit : Je ne sais que dire. Si vous voulez m'appelez *garçon* je n'oserai rien dire, si vous voulez m'appeler frère aîné je n'oserai rien dire non plus.

La princesse revint à la maison, elle y arriva comme le soleil déclinait. Le roi lui demanda : Tu as été porter du riz, comment se fait-il que tu sois restée si longtemps et que tu ne reviennes que le soir à la maison? La princesse mentit encore au roi et lui dit qu'elle s'était égarée en chemin.

Le roi appela sa fille cadette et sa fille aînée et leur ordonna d'aller le lendemain porter le riz à Noix de Coco. Mais l'aînée et la cadette dirent qu'elles ne le feraient pas ; qu'on laissât la dernière née le porter. L'aînée et la cadette étaient fort irritées contre Noix de Coco. Il n'a, disaient-elles, ni pieds ni mains, il ne fait que rouler çà et là, si nous lui portions du riz il roulerait vers nous pour le prendre et nous ferait peur. En fuyant nous répandrions tout le riz et il faudrait que Noix de Coco mourut de faim. Dans la brousse il y a beaucoup d'herbes ; en roulant vers nous Noix de Coco agiterait ces herbes, nous croirions que c'est un tigre, nous aurions peur et nous renverserions tout le riz. Laissons la dernière née y aller, elle est habituée à Noix de Coco.

Les deux filles du roi parlèrent ainsi à leur père. Le roi dit : Puisque c'est comme cela, soit ! laissons la dernière née porter le riz à Noix de Coco. La princesse se réjouit dans son cœur en pensant qu'elle porterait le riz.

Noix de Coco avait fait paraître dans la brousse des serviteurs. Quand le soir fut venu la pluie et l'orage avaient obscurci toute la forêt. Noix de Coco ordonna à ses gens d'enrouler des lianes et de les passer aux cornes des buffles et ensuite de chasser les buffles vers la maison et de les conduire à mi-chemin. Quand il fut près d'arriver à la maison Noix de Coco ordonna à ses gens de rentrer dans la terre ; quant à lui, il chassa les buffles vers la maison. Quand il y fut arrivé il chassa les buffles dans la cour pour attendre qu'on les débarrassât de leurs lianes et il courut dans la cuisine pour se réchauffer.

La cadette et l'aînée des filles du roi étaient occupées à faire cuire le riz dans la cuisine. Noix de Coco se chauffa au feu et les deux princesses lui dirent des injures : Tu te chauffes ; va t'occuper de tes buffles, laisse-nous la place pour verser l'eau du potage.

Noix de Coco fit semblant de rouler et heurta la jambe de la
fille aînée; celle-ci lui dit des injures, elle dit : Ce Noix de Coco
met tout en désordre, en roulant voici qu'il m'a heurté la jambe.
Noix de Coco roula de l'autre côté et faisant semblant de ne
pas savoir alla heurter le pied de la fille cadette. Celle-ci lui
dit des injures. Ce Noix de Coco, dit-elle, pourquoi vient-il
rouler toujours près de moi pour se chauffer? Laissons-le se
chauffer. Si tu le chasses ainsi, il n'ira plus vers toi (1).

Les deux sœurs laissèrent donc Noix de Coco se chauffer au
feu. La plus jeune fille du roi entendit de l'intérieur de la
maison ses sœurs lui dire des injures et elle en fut irritée
contre elles. Le lendemain Noix de Coco alla garder les buffles.
Le roi lui dit : Il y a déjà beaucoup de lianes, n'en arrache
pas davantage. Si tu vois des perches; fais en une coupe, deux
coupes, et mets les en tas pour que je les envoie chercher.
Dans son cœur le roi savait que Noix de Coco avait une puissance surnaturelle.

Le lendemain lorsque Noix de Coco alla garder les buffles
la plus jeune fille du roi lui porta le riz, elle prépara un mouchoir de feuilles de bétel et les lui porta. Comme elle approchait
avec son riz du lieu où Noix de Coco gardait ses buffles, elle
entendit le bruit de gens qui coupaient des perches dans toute
la brousse, elle entendit aussi des plaisanteries et des rires
dans toute la brousse. Quand la princesse arriva à cet endroit
le bruit des outils et le son des voix s'évanouit, elle vit seulement les traces de la coupe et vit les perches que l'on avait
entassées, et Noix de Coco qui gardait ses buffles en cet endroit.

La princesse lui donna le panier de riz et le mouchoir de
bétel. Noix de Coco ouvrit le mouchoir et y vit les feuilles de

(1) Il y a dans le texte une grande obscurité due sans doute à quelque
lacune.

bétel toutes préparées. Demoiselle, dit-il, qui a préparé ces feuilles de bétel comme cela? La princesse répondit: C'est moi qui les ai préparées de mes mains afin que si par la suite vous allez quelque part épouser une femme vous vous souveniez de moi; mais n'en dites rien à personne, ne dites pas que j'ai préparé ces feuilles pour vous (1).

Noix de Coco dit: Ma reconnaissance pour vous sera éternelle, je vous dis cela. La princesse lui demanda: Quand avez-vous coupé toutes ces perches? Noix de Coco répondit: Je les ai coupées depuis le matin. La princesse lui dit: Faites-moi voir comment vous coupez une perche. Noix de Coco répondit: Je suis très fatigué, je n'ai plus de force pour en couper. La princesse se mit à rire et revint à la maison.

Noix de Coco fit alors apparaître de nouveau ses serviteurs et ils se mirent à couper des perches; en un jour ils en firent cent charretées. Le soir venu Noix de Coco chassa ses buffles vers la maison. Il dit au roi: Seigneur! j'ai coupé les perches; empruntez des charrettes pour aller les chercher. Le roi répondit: N'ai-je point assez de charrettes? Le lendemain matin le roi ordonna à ses domestiques d'atteler des charrettes pour aller chercher les perches, seulement deux charrettes. Les domestiques attelèrent les charrettes et se rendirent au lieu où Noix de Coco avait coupé les perches et ils virent qu'il en avait entassé là cent charretées. Ils ne purent donc les charger toutes. Ils revinrent à la maison avec celles qu'ils avaient prises et dirent au roi: Il y a une très grande quantité de perches, nous n'avons pu les porter toutes. Le roi demanda: Combien en reste-t-il? Ils répondirent: il y en a cent charretées. Le roi alors envoya des lettres pour demander dans tous les villages

(1) Il semble que cette préparation de chiques de bétel implique des relations amoureuses ou même des fiançailles.

jusqu'à cent charrettes, on les amena et l'on chargea ainsi tout ce bois. Dans tout le pays, grands et petits, garçons et filles, tous vantaient Noix de Coco disant : Il n'a ni mains ni pieds, comment coupe-t-il les perches, comment coupe-t-il les lianes, comment a-t-il cet art surnaturel? Et les gens vantaient Noix de Coco disant : Il a un art surnaturel, c'est pourquoi il coupe cette quantité de lianes et de perches comme cela. Les lianes et les perches que les gens avaient apportées remplissaient la cour et l'aire, et quiconque passait devant la cour du roi et voyait apporter ces lianes louait uniquement Noix de Coco.

Noix de Coco garda les buffles du roi environ quinze jours, ensuite il alla à la maison de sa mère et lui dit d'aller demander (1) pour lui la dernière fille du roi. Sa mère n'osait pas aller faire cette demande. Elle lui dit : Tu n'as pas de mains, tu n'as pas de pieds non plus, en fait de beauté tu es fort laid, et tu me dis d'aller demander pour toi la dernière fille du roi, je n'ose pas y aller. Mais Noix de Coco ne l'écoutait pas et continuellement pressait sa mère d'aller demander pour lui la dernière fille du roi. La mère ne voulait pas y aller, mais Noix de Coco lui dit: Mère, allez parler au roi, il n'en arrivera rien, je vous en réponds. La mère consentit à aller faire la demande pour lui.

Quand la mère de Noix de Coco arriva à la grande porte du roi les chiens aboyèrent. Les serviteurs de gauche et de droite crièrent : Qui vient là pour que les chiens aboient? Elle répondit : C'est moi. Les serviteurs de gauche et de droite lui demandèrent : Que venez-vous faire ici? Elle répondit : Je viens pour une affaire que j'ai. Les serviteurs lui demandèrent : Quelle

_____

(1) Le Tjame emploie pour exprimer la demande le mot *puwtj* (dire). L'Annamite dit également *di nói* (aller parler) pour un des rites du mariage. Mais on retrouve le mot tjame employé quand il s'agit par exemple d'aller *demander* les buffles du roi.

2.

affaire? Elle dit : Mon fils Noix de Coco m'a dit d'aller demander pour lui la dernière fille du roi, je n'osais pas y aller, mais il m'a pressée de venir parler au roi pour l'obtenir, j'ai fini par céder et je viens.

Les serviteurs de gauche et de droite allèrent rendre compte au roi. Le roi interrogea la mère de Noix de Coco et celle-ci dit : Mon fils Noix de Coco m'a ordonné de venir vous demander votre fille pour lui; je n'osais pas venir le faire, mais il ne m'a pas écoutée et m'a constamment pressée de venir vous la demander; je ne consentais pas, mais maintenant je suis venue, Seigneur, vous en parler.

Le roi lui dit : La chose est ainsi; j'aime beaucoup Noix de Coco, mais de mes trois filles, je ne sais laquelle l'aimera. Le roi fit venir les trois filles, l'aînée, la cadette et la dernière et leur demanda : De vous trois qui aime Noix de Coco? Si quelqu'une l'aime je le lui donnerai en mariage.

L'aînée et la cadette répondirent : Nous ne voulons pas de lui. Comment le voudrions-nous? Il n'a pas de mains, il n'a pas de pieds non plus, à quoi servira-t-il de l'épouser? Le roi fit venir sa dernière fille et lui dit : Toi, épouseras-tu Noix de Coco? La princesse lui répondit : Pour ce qui est de mes sentiments, je l'aime; maintenant, si vous l'ordonnez, j'épouserai Noix de Coco. Si vous m'ordonniez d'épouser un tjru (1) un homme des bois, je l'épouserais également.

Le roi dit à la mère de Noix de Coco : Maintenant ma dernière fille consent à épouser Noix de Coco. Attendons un jour favorable, une heure propice, mercredi prochain, et nous les

______

(1) *Tjru*, tribu sauvage des montagnes. Les hommes des bois ou *raglai* sont également des tribus de sauvages, mais ils parlent la langue tjame.

maricrons. Vous, maintenant, retournez chez vous et dites-le à votre grand'mère et à votre grand-père (1).

La mère de Noix de Coco revint chez elle. Le roi envoya des lettres par tous les villages, par tout le pays, disant que le mercredi il marierait sa fille à un gendre, et les invitant à venir boire du vin. Le roi ordonnait à ses serviteurs et à son peuple de faire des battues et de prendre cerfs, chevreuils, lièvres, paons, toutes les espèces d'animaux de la forêt et de les rapporter pour les manger et pour boire quand la plus jeune princesse épouserait Noix de Coco.

Le mercredi venu, de tous les villages, de tout le pays les gens vinrent féliciter le roi. Ils apportaient toutes les bêtes de la forêt, cerfs et chevreuils, lièvres et paons, toutes les espèces, et parmi les fruits des arbres de la forêt ceux que les hommes mangent et les fruits qu'on cultive dans les villages, toutes les espèces ; les gens les apportaient pour féliciter le roi. Le peuple de tous les villages, de tout le pays vint aider le roi. Les gens détruisirent l'herbe, par milliers ils abattirent les arbres de la forêt. Les hommes et les femmes, les jeunes gens et les jeunes filles plaisantaient et riaient joyeusement. C'était un spectacle incomparable et que nul n'a égalé. Ils mangèrent et burent cent jours et cent nuits.

Au bout de trois jours et de trois nuits le roi fit venir sa dernière fille et lui dit : En ces trois jours et ces trois nuits

---

(1) Dans les énumérations la femme passe toujours avant le mari (ce qui a lieu également dans l'annamite, *hai vợ chồng*), la mère avant le père. L'on verra dans ces contes la mère jouer toujours un rôle beaucoup plus actif que le père ; le fils ne dit jamais : *la maison de mon père*, mais *la maison de ma mère*. Le mari paraît, en effet, s'établir dans la maison de la femme comme *gendre*, coutume dont nous avons une image affaiblie dans le *ở làm rể* des Annamites.

que t'a dit Noix de Coco et quelle a été sa manière d'être avec
toi ? Va dire à ta mère tout cela, parle bas, ne parle pas fort.

La princesse alla dire à la reine toutes ces choses. Elle dit :
Noix de Coco a parlé et a agi avec moi comme tous les hommes.
La reine lui dit : Comment a-t-il pu faire comme tous les
hommes ? La princesse répondit : Le Seigneur Noix de Coco
sort de son enveloppe, il est plus blanc que moi, il porte une
bague à chaton d'or, et il est d'une beauté suprême.

La reine rapporta cela au roi. L'aînée et la seconde fille
s'étaient cachées et entendirent la reine raconter au roi que la
jeune princesse avait dit que Noix de Coco, sorti de son enveloppe, était très beau. Alors pendant la nuit elles allèrent ensemble épier Noix de Coco et la jeune princesse.

Cachées, elles virent Noix de Coco sortir de son enveloppe,
d'une beauté resplendissante comme la nuit qui suit la pleine
lune (1), incomparable, elles devinrent amoureuses de lui et ne
surent que faire. Elles furent folles de regret et disaient : Maintenant notre sœur l'a épousé, grand a été le bonheur de notre
cadette. Dans leur cœur l'aînée et la seconde des princesses
auraient voulu trouver quelque moyen d'épouser Noix de Coco.

L'on mangea et l'on but cent jours et cent nuits après quoi
tous les amis demandèrent au roi la permission de s'en retourner chez eux. Quand ils furent partis, la maison resta seule. La
princesse dit à Noix de Coco : Ils s'en sont tous allés, il n'y en
a plus à la maison ; ne restez pas davantage dans cette enveloppe de coco, sortez et allez voir les buffles que les gens gardent dans les cours. Noix de Coco ne sortit pas de son enve-

(1) « Dans la littérature khmèr la lune du jour qui suit la pleine lune est
considérée comme la plus brillante. » (AYMONIER, *Notions sur les inscriptions
en vieux khmèr*, p. 12 du tirage à part). Il en est sans doute de même chez
les Tjames, à en juger par ce passage.

loppe, il attendit qu'il fut nuit et qu'il n'y eut personne pour
en sortir. Au milieu de la nuit Noix de Coco sortait de son
enveloppe et allait coucher avec la princesse, à l'aurore il y
rentrait. Cela arriva ainsi nombre de fois. Mais la princesse prit
la noix de coco et la cacha. Noix de Coco s'était couché, quand
vint l'aurore il alla droit à son enveloppe mais il ne la trouva
plus. Il se roula alors dans la natte où il avait couché et demanda à la princesse : Princesse, ne m'avez-vous pas caché ma
noix de coco? La princesse répondit : Non ! et Noix de Coco resta
enveloppé dans la natte. Il ne dit rien à sa femme, il ne faisait
que rester couché et gémir. Il était habitué à rester dans sa
noix de coco, quand il ne l'avait pas il avait froid et ne faisait
que gémir, mais la princesse prit des étoffes de laine et l'en
couvrit. Au bout de 5 ou 6 jours il s'y habitua et n'eût plus
froid. La princesse lui dit alors la vérité et qu'elle avait pris
cette enveloppe et l'avait enterrée, Noix de Coco en rit. La
princesse lui dit : Quand vous étiez dans cette enveloppe mes
sœurs se moquaient de vous en disant que vous n'aviez ni pieds
ni mains, c'est pourquoi j'ai pris cette enveloppe et je l'ai cachée,
ainsi elles ne riront plus ensemble.

L'aînée et la seconde des princesses vinrent à la chambre de
la plus jeune et virent Noix de Coco ; elles en devinrent amoureuses et ne savaient que faire. Elles se consolaient en venant
causer joyeusement avec lui.

Lorsque Noix de Coco alla vers ses buffles les amis, les gens
des villages le virent et tous se réjouirent de l'heureuse fortune
qu'avait eue la princesse de l'épouser. Dans tous les villages
tous apprirent qu'il était sorti de son enveloppe et qu'il était
très beau. Les gens alors firent des gâteaux et vinrent féliciter
la princesse et son mari. Dans tous les villages, dans tout le
pays, grands et petits, hommes et femmes, garçons et filles tous

vinrent féliciter Noix de Coco, tous voulaient le voir; tous les amis venaient le voir, et, le voyant si beau, ne savaient à quoi le comparer; tous les amis, tous les gens du pays savaient qu'il avait un pouvoir surnaturel.

Noix de Coco amena la princesse visiter sa mère. Quand il arriva à la maison de sa mère celle-ci ne le reconnaissait plus. Il ordonna à la princesse de déposer le panier de gâteaux dans un bassin et de les présenter à sa mère. Ce fut alors seulement que celle-ci sut que c'était son fils que le Seigneur du ciel lui avait donné. L'aïeul et l'aïeule vinrent et le prirent par la main, et se réjouirent; son aïeul, son aïeule et sa mère étaient émus au point de ne savoir que faire. Car, depuis qu'il était sorti de son enveloppe, Noix de Coco était très beau, aussi sa mère avait-elle à la fois de l'amour et de la crainte. La cause en était que tant qu'il avait habité avec sa mère il n'était pas sorti de son enveloppe et qu'il n'était pas un homme mais une noix de coco, Quand il avait été garder les buffles du roi il avait eu ce pouvoir surnaturel et était sorti de la noix de coco; son aïeul et son aïeule ne le reconnaissaient pas.

La princesse et son mari revinrent chez eux. Ils restèrent dans leur maison environ la moitié d'un mois, après quoi Noix de Coco arma un bateau pour aller faire le commerce. L'aînée et la cadette des filles du roi demandèrent à s'embarquer pour aller commercer avec lui.

Quand tout fut prêt on s'embarqua. La princesse dernière née prit la bague à chaton d'or de Noix de Coco et se la passa au doigt, elle invita ensuite ses sœurs à monter sur le navire. Elles s'assirent ensemble sur une natte, Noix de Coco seul resta ailleurs. Les pilotes firent embarquer tout le monde, achevèrent les préparatifs et l'on partit.

Le navire courut au large. La princesse et ses deux sœurs causaient et riaient ensemble. L'aînée et la cadette dirent à la dernière née d'ôter du doigt la bague et de la leur faire voir. Les deux sœurs la regardèrent et feignant une lutte elles firent semblant de la laisser échapper de leurs mains et la bague tomba dans la mer.

Les deux sœurs s'écrièrent : C'en est fait de nous! Ta bague est tombée dans la mer, O dernière née! Elle nous a échappé des mains et elle est tombée. La princesse jeta un regard et vit briller la bague dans la mer, elle se jeta dans l'eau pour l'attrapper. Pourquoi se jeta-t-elle dans la mer? C'était parce qu'elle avait peur que Noix de Coco ne lui fît des reproches. Ses sœurs cachèrent l'événement et n'en dirent rien à Noix de Coco.

Quand on fut arrivé au milieu de la mer les deux sœurs dirent à Noix de Coco : Notre sœur est tombée dans la mer. Elles lui dirent mensongèrement : Notre sœur a laissé tomber sa bague dans la mer, elle a eu peur que vous ne lui fissiez des reproches, c'est pourquoi elle s'est précipitée dans la mer à la poursuite de la bague. Cette bague, la sœur aînée et la cadette l'avaient jetée dans la mer et maintenant elles disaient à Noix de Coco que c'était leur sœur qui l'avait laissée tomber.

Noix de Coco était venu à l'endroit où se trouvait la natte où était assise sa femme, il ne vit qu'une étoffe dont elle s'enveloppait et qu'elle avait laissée sur la natte, un mouchoir de bétel roulé, mais il ne vit pas la princesse. Il se mit alors à pleurer, il ne mangea plus de riz, ne but plus d'eau, et ne faisait que pleurer. Noix de Coco ordonna aux pilotes de virer de bord et de revenir à la maison. Quand aux deux sœurs d'un côté elles étaient tristes parce qu'elles regrettaient leur sœur, de l'autre côté elles étaient encore amoureuses de Noix de Coco.

Le navire arriva à la maison et Noix de Coco alla annoncer à la reine que, il ne savait comment, la princesse avait laissé

tomber la bague dans la mer, et craignant, dit-il, que je ne lu
fisse des reproches elle s'est jetée elle-même à la mer, de sorte
qu'elle n'est plus avec moi et que la mer l'a engloutie. Moi-
même je ne l'ai pas vue se jeter à la mer. Ce sont ses sœurs
qui me l'ont raconté.

La reine rapporta ce récit au roi; le roi fit venir ses deux
filles et Noix de Coco pour les interroger. Le roi et la reine les
interrogèrent. Noix de Coco dit : Je ne l'ai pas vue se jeter
dans la mer, seulement ses deux sœurs me l'ont ainsi raconté.
Noix de Coco en même temps qu'il répondait au roi versait
des larmes; le roi et la reine aussi, dans le même temps où
ils l'interrogèrent pleuraient leur fille dernière née.

Le roi et la reine alors interrogèrent leur fille aînée et leur
fille cadette; d'une part elles avaient pitié de Noix de Coco qui
restait ainsi solitaire, d'autre part enfin elles étaient amoureuses
de lui. Pleurant et parlant à la fois elles dirent à la reine et au
roi : Nous lui avons dit d'ôter la bague au chaton d'or pour la
voir; nous la lui avions rendue, quand, nous ne savons comment,
elle lui a échappé des mains et elle l'a laissée tomber dans la
mer. Elle restait à regarder cette bague, le bateau continuait
sa marche, elle voyait la bague briller dans la mer et elle restait
à la regarder.

Quant à nous deux, nous ne savions pas qu'elle voulût se
jeter dans la mer, si nous l'avions su nous l'aurions arrêtée.
Elle voyait cette bague briller dans l'eau de la mer et elle s'y
jeta sans que nous le vissions. Alors nous deux nous avons
couru conter la chose à Noix de Coco.

La reine et le roi dirent à Noix de Coco : Maintenant, fils,
ne pleure pas davantage parce que ton union avec notre fille
n'a pas été fortunée; reste avec nous pour que nous jouissions
de ta présence une année; puisque tel a été le sort de notre

fille, permets que nous te voyions et ce sera comme si nous voyions notre fille.

La reine et le roi parlèrent ainsi à Noix de Coco et tout en parlant ils pleuraient. Noix de Coco dit à la reine et au roi : Pour toutes les années, pour tous les mois c'en est fait de ma joie; maintenant je resterai ici avec vous. Tout en parlant il versait des larmes, il se rappelait le temps où la princesse lui portait ses repas dans la brousse venant seule à travers la forêt, il se rappelait le temps où il gardait seul les buffles dans la brousse et où la princesse venait seule lui porter ses repas, souffrant ainsi l'un pour l'autre. Nuit et jour Noix de Coco pleurait, mais il ne le laissait voir à personne. Et tous leurs parents et tous les habitants du royaume pleuraient également la princesse.

Quant à ses sœurs, elles étaient amoureuses de Noix de Coco; si elles lui portaient le plateau de riz pour manger elles lui souriaient. Toutes les nuits elles lui préparaient du bétel, elles restaient couchées en sa compagnie et causaient gaiement avec lui, mais elles ne purent faire qu'il ne pleurât et ne regrettât la princesse.

La princesse, quand elle se fut jetée à la mer, plongea pour saisir sa bague au chaton d'or et la passa à son doigt, ensuite les eaux de la mer la recouvrirent et elle ne fut plus. Mais comme la bague était enchantée la princesse qui la portait à son doigt acquit un pouvoir surnaturel. Elle fut transformée en un petit enfant et entra dans une coquille nacrière. Pendant de longs jours les flots soulevèrent la coquille et la princesse, ils les roulèrent une année entière et enfin elle échoua sur le rivage de la mer. Elle fut portée à un endroit où des gens ramassaient des coquillages.

La princesse sortit de la coquille, elle se leva et voulut revenir chez elle mais elle ne savait où était son pays. Elle ne faisait que pleurer regrettant Noix de Coco ; elle rentra dans la coquille et y resta.

La princesse regrettant Noix de Coco ne faisait que pleurer dans la coquille nacrière. Au bout d'un mois et demi elle vit un homme et une femme qui venaient ramasser des coquillages. La princesse rentra dans la coquille et pleura, ses gémissements ressemblaient à ceux d'un enfant. L'homme et la femme les entendirent, ils coururent voir ce que c'était et ne trouvèrent pas de nouveau-né, ils ne virent qu'une coquille nacrière grande comme un boisseau et ils entendaient l'enfant gémir au dedans.

Ce jour là l'homme et la femme ne ramassèrent plus de coquillages, ils emportèrent cette coquille à la maison. Quand ils furent arrivés chez eux la femme la plaça dans le jardin derrière la maison. Cet homme et cette femme étaient pauvres, ils n'avaient d'autre métier que d'aller ramasser des coquillages ou du bois et de les vendre pour vivre.

L'homme alla faire du bois, la femme alla vendre des coquillages et ils laissèrent la maison seule. La princesse alors sortit de la coquille nacrière, elle fit paraître du riz, de l'eau, du bétel, de l'arec, des gâteaux de toute sorte, elle prépara du thé ; elle mit tout cela dans la maison, ensuite elle rentra dans la coquille.

Quand le mari et la femme rentrèrent ils virent le riz sur le plateau, le bétel préparé dans la boîte, les gâteaux de toute espèce rangés là. L'homme et la femme avaient faim et voulaient manger ; ils s'en détournaient l'un l'autre de peur que quelqu'un n'eut mis dans ce riz quelque maléfice, mais l'homme avait grand'faim, il n'écouta pas sa femme, il prononça un vœu et mangea. Il prit une bouchée et y goûta et ne trouva aucun mauvais goût. Il mangea donc deux bols entiers sans voir rien se produire. Il exhorta alors sa femme et ils mangèrent sans voir rien se produire. Le mari et la femme mangèrent, et, chaque jour, pendant qu'ils étaient dehors, la princesse sortit de sa coquille et fit apparaître du riz. Il en fut ainsi très souvent.

L'homme et la femme se cachèrent et virent que la princesse sortait de la coquille de nacre et venait verser le riz. Ils la poursuivirent et la prirent par la main. Ils furent tout joyeux, la prirent sur leurs genoux et lui dirent : Est-ce vous qui jusqu'ici avez porté du riz, porté des gâteaux, préparé du bétel que vous avez mis dans la boîte, fait chauffer de l'eau et mis du thé dans la bouilloire, et qui avez mis tout cela dans la maison ?

La princesse leur répondit pleurant à mesure qu'elle parlait : Vous m'avez ramassée et portée ici pour me garder ; je n'avais rien et j'ai voulu faire quelque chose pour vous rendre service. J'ai fait cuire le riz, j'ai fait des gâteaux, j'ai fait bouillir l'eau, préparé le bétel, pour que vous puissiez manger en revenant de faire du bois.

Cette homme et cette femme virent que la princesse était belle, qu'elle portait au doigt une bague au chaton d'or étincelant, qu'elle avait des grains d'or et d'argent, plein les mains et plein le cou. Ils se dirent : C'est un don que nous fait le Seigneur. Ils lui demandèrent : Comment fais-tu pour faire paraître tout ce riz et ces gâteaux ? Mais la princesse ne faisait que pleurer. Ils lui demandèrent : Pourquoi pleures-tu ? Elle répondit : Parce que j'ai beaucoup de regrets. Qui regrettes-tu lui demandèrent-ils: Je regrette les jours heureux répondit-elle. L'homme et la femme dirent : S'il en est ainsi nous allons faire une assemblée pour décortiquer le paddy, les gens viendront causer plaisamment et cela te distraira.

Ils firent donc une assemblée pour décortiquer le paddy, jeunes gens et jeunes filles causaient joyeusement et la princesse fut consolée par ces gens. Tous les jours il y avait du monde et tous les jours aussi la princesse pleurait. La cause de ses larmes était qu'elle regrettait sa mère, son père et son époux.

Elle demanda à l'homme et à la femme : Dans ce pays y a-t-il un roi? L'homme et la femme répondirent : Il y en a un. La princesse demanda : Le roi a-t-il des enfants? L'homme et la femme répondirent : Ce roi a trois filles; une des filles du roi nommée la dernière née a épousé le Seigneur Noix de Coco. Le Seigneur Noix de Coco équipa un navire pour aller faire le commerce, la princesse laissa échapper de sa main et tomber dans la mer la bague à chaton d'or du Seigneur Noix de Coco, elle la regretta fort et se jeta dans la mer, l'eau de la mer l'engloutit et elle mourut. La sœur aînée et la sœur cadette vivent encore.

La princesse dit : Le Seigneur Noix de Coco est-il demeuré avec le roi ou s'est-il remarié? L'homme et la femme dirent : Le Seigneur Noix de Coco ne fait que pleurer, tous les jours il pleure, toutes les nuits il pleure, un an entier il n'a fait que pleurer. Quand l'homme et la femme eurent fini de parler la princesse se mit à sangloter pitoyablement. Ils lui demandèrent : Pourquoi le fait d'avoir prononcé le nom de Noix de Coco te fait-il pleurer ainsi, ma fille? La princesse dit : Vous avez parlé d'un mari qui pleurait sa femme, c'est ce qui m'a attristée.

L'homme et la femme ne savaient pas que leur fille était la princesse femme du Seigneur Noix de Coco ; eux étaient tout contents et disaient : C'est une fille que nous a donnée le Ciel. Ils ne savaient pas que c'était la princesse fille dernière née du roi.

La princesse leur parla, elle ordonna à la femme d'aller acheter du coton et de le lui rapporter pour en tisser des *dalah* (1) qu'elle irait vendre. Cette femme alla acheter du coton et le rapporta à la princesse pour le tisser. La princesse tissa une paire de *dalah* et les donna à la femme pour aller les vendre. Elle ôta sa bague de son doigt et la mit au doigt de la femme, et dans ses recommandations lui enjoignit de ne pas aller vendre n'importe où, mais d'aller dans le palais du roi et là de crier sa marchandise.

Cette femme obéit aux ordres de sa fille, elle prit les *dalah* et alla les vendre au palais du roi. Les serviteurs de gauche, les serviteurs de droite lui demandèrent : Que portez-vous pour vendre ? Elle répondit : Je porte des *dalah*. Les serviteurs de gauche et les serviteurs de droite allèrent rendre compte au roi. Le roi leur ordonna de dire à la femme de lui porter les *dalah* pour les acheter. Les serviteurs de gauche et les serviteurs de droite dirent à la femme de venir, le roi ordonna à la femme de lui montrer les *dalah*. Elle les lui montra. Le roi vit ces *dalah* brodés de fleurs semblables à celles que tissait la main de sa fille, le roi se mit à sangloter ; il appela la reine et sa fille aînée et sa fille cadette et Noix de Coco pour venir voir ces *dalah*. Ils vinrent tous et ils virent ces *dalah* semblables à ceux que tissait la princesse dernière née. La reine pleura, Noix de Coco pleura, la sœur ainée et la sœur cadette pleurèrent aussi.

Le roi demanda à la femme : Qui a tissé ces *dalah* ? Elle répondit : C'est ma fille. Le roi dit : Est-ce la fille de vos entrailles ou comment ? La femme répondit : Ce n'est pas la fille de mes entrailles, c'est une que j'ai trouvée. Ce jour-là j'étais allée avec mon mari ramasser des coquillages, nous entendimes les gémissements d'un enfant nouveau-né dans une coquille nacrière, mon mari et moi nous prîmes la coquille et nous la rapportâmes à

____

(1) *Dalah,* espèce de coiffure.

la maison. Ma fille sortit alors de la coquille nacrière et vint demeurer avec nous et nous servir.

La femme parla ainsi au roi ; le roi lui ordonna de laisser les *dalah* au palais où les serviteurs de gauche et les serviteurs de droite les garderaient et de s'en retourner chez elle et de ramener sa fille pour que le roi la vit. Le roi fit l'éloge des *dalah* de cette femme. La femme se prosterna devant le roi et s'en retourna. Or, le Seigneur Noix de Coco vit la bague à chaton d'or que cette femme portait à ses doigts, il lui dit de lui donner cette bague pour l'examiner. Il reconnut la bague à chaton d'or et la porta à la sœur aînée et à la sœur cadette. Celles-ci la reconnurent aussi et dirent que c'était véritablement la bague du Seigneur Noix de Coco. Alors le Seigneur Noix de Coco suivit cette femme chez elle. Comme ils approchaient de la maison la princesse aperçut Noix de Coco, elle rentra aussitôt dans la maison et demeura dans l'intérieur.

Quand la femme fut arrivée à la maison elle cria à la princesse : Ma fille, sors pour que le Seigneur te voie. La princesse répondi : Quel Seigneur veut me voir ? Qu'il entre dans la maison, mais quant à moi, pour sortir, je ne sortirai pas. Noix de Coco reconnut la voix de la princesse, il pria la femme de le faire entrer dans la maison pour voir. Il entra dans la maison. La princesse embrassa ses genoux et pleura et lui conta toute son aventure : Comment la sœur aînée et la sœur cadette avaient fait tomber la bague dans la mer, comment elle avait eu peur des reproches de Noix de Coco et s'était précipitée elle-même dans la mer à la suite de la bague. La princesse conta toute l'aventure, le Seigneur Noix de Coco pleurait et la princesse pleurait.

La femme avait laissé Noix de Coco et la princesse pleurer ensemble dans la maison, elle était sortie et restait à l'extérieur. Le mari et la femme réfléchissaient en écoutant ce que la

princesse disait à Noix de Coco. La princesse et Noix de Coco
pleurèrent et causèrent ensemble, ensuite ils sortirent et allèrent
tout conter au mari et à la femme. Ensuite Noix de Coco les
amena tous chez lui. Il amena la princesse à la maison et
rentra dans le palais pour rendre compte au roi. Aussitôt le roi
et la reine accoururent et embrassèrent la princesse, le roi et
la reine pleuraient abondamment. La sœur aînée et la sœur
cadette pleuraient aussi, mais tout en pleurant elles avaient peur
de la princesse. Tous les serviteurs de gauche et de droite, tous
les parents vinrent féliciter la princesse; tous les gens du pays
vinrent aussi la féliciter.

La princesse alors raconta tous les maux qu'elle avait soufferts
dans la mer. Les serviteurs de gauche et les serviteurs de droite,
et les parents et tous les assistants pleuraient sur la princesse.

Le roi donna à l'homme et à la femme un lot de villages
pour les récompenser des services qu'ils avaient rendus à la
princesse; il donna à la femme les *dalah* que la princesse avait
tissés, il donna aussi à cet homme et à cette femme cent chars
de paddy, un char de sapèques, et quand le roi cessa de régner
le Seigneur Noix de Coco monta sur le trône et devint roi.

Longtemps après Noix de Coco cessa de régner et ses enfants
montèrent sur le trône et furent rois.

II

KADÔP ET KADŒK [1]

Voici l'histoire de deux époux. Cet homme et cette femme avaient beaucoup d'or et d'argent. Ils eurent deux fils. L'aîné se nommait Kadôp, le cadet Kadœk. Leurs parents moururent. Le cadet alla enterrer son père ; pendant ce temps, l'aîné resta à la maison, prit tout l'or et l'argent que leurs parents avaient laissé et le cacha. Quand le cadet revint de l'enterrement il dit à son frère : l'or et l'argent qu'ont laissé nos parents où l'as-tu mis que je ne le vois pas, ô mon frère aîné ?

L'aîné répondit : Je ne sais pas. Le cadet ne lui en dit pas davantage. L'aîné alors dit au cadet : Maintenant nos parents sont morts et nous ont laissé cette maison ; moi, j'ai une femme, tandis que tu es garçon, il te faut m'abandonner la maison. Voilà ce que dit l'aîné au cadet. Il lui donna un chien et un chat et un morceau de rizière en friche. Quant aux buffles et aux belles rizières, il ne lui en donna pas.

(1) Voir *Contes et légendes annamites*, 71-68. (Le premier chiffre indique le numéro du conte dans les *Excursions et Reconnaissances*, le second dans le tirage à part.)

Le cadet réfléchit qu'il n'avait rien pour labourer. Il prit donc le chien et le chat que son frère lui avait donnés et laboura. Il frappait le chat et le chat gémissait, il frappait le chien et le chien gémissait.

Une caverne qui était à côté de la rizière, voyant gémir ce chien et ce chat, se mit à rire et ouvrit la gueule toute grande. L'homme vit de l'or dans la gueule de la caverne. Il laissa la charrue avec le chien et le chat et courut prendre l'or qu'il rapporta chez lui. Il fit venir des ouvriers pour construire une maison, acheta des rizières et des buffles, loua des serviteurs et fut beaucoup plus riche que son frère aîné ; avec son or il faisait grande montre de richesse. Son frère aîné lui demanda : Avec quoi as-tu acheté ces rizières et ces buffles et engagé tous ces gens? Le cadet lui répondit : En ce temps-là je pris le chien et le chat que vous m'aviez donnés et je labourai, je frappai le chat et le chien et ils se plaignirent, alors ce rocher se mit à rire, il ouvrit une gueule riante et je vis de l'or dans la gueule du rocher; je le pris et l'emportai et j'achetai des rizières et des buffles et j'engageai des serviteurs.

L'aîné lui dit : Pourquoi n'as-tu pas couru m'appeler pour aller en ramasser? Le cadet répondit : C'était loin de votre maison je n'ai pas eu le temps de venir vous appeler.

L'aîné frappa le cadet, ensuite il lui prit son chien et son chat. Le cadet pleura mais il ne dit rien à son frère. L'aîné ensuite alla louer dix charrettes à buffle et les mena près du rocher où il les tint en réserve pour y charger l'or et l'argent de la caverne.

Le frère aîné prit le chien et le chat et alla labourer. Il amena sa femme avec lui. En labourant, il frappa le chien et le chat, et le chien et le chat gémirent. Alors la caverne se mit à rire et ouvrit la gueule. L'homme vit de l'or, mais la caverne referma la gueule et sa main s'y trouva prise et il ne put l'en retirer.

Il se mit donc à réfléchir et dit à sa femme de lui tendre son visage pour l'embrasser. Il dit à sa femme : Si je dois mourir, tends-moi ton visage que je l'embrasse un peu. La caverne, le voyant embrasser sa femme, se mit à rire et il retira sa main. Il revint chez lui et battit son frère, disant qu'il l'avait trompé.

III

TABONG LE PARESSEUX [1]

En ce temps-là, il y avait un homme qui était paresseux depuis qu'il était sorti du ventre de sa mère. Il était quarante fois paresseux, au point qu'il ne râclait jamais la crasse sur son corps et qu'en un an il n'allait se baigner qu'une fois. Dans ce monde, sous le ciel, il n'y avait personne qui l'égalât (en paresse). Un jour, je ne sais comment, il eut une idée. Il prit sa serpe pour tailler une canne à pêche, acheta une aiguille qu'il recourba pour en faire un hameçon et alla à la pêche. Arrivé au fleuve il se mit à pêcher.

Il jeta sa ligne à l'eau et un poisson klwa vint mordre, il retira vivement la ligne et prit un klwa. Il cassa alors un brin de jonc, enfila le poisson par les ouïes et le mit derrière lui. Il jeta ensuite de nouveau sa ligne à l'eau et pêcha.

Mais un corbeau qui était je ne sais où vola vers lui et enleva le poisson. Le paresseux injuria le corbeau. Il prit encore un

(1) Voir *Contes et légendes annamites*, 62-59.

autre poisson qui était aussi un klwa. Il cassa un brin de jonc, enfila le poisson par les ouïes et le plaça devant lui. Ensuite il jeta sa ligne à l'eau et se remit à pêcher. Le corbeau vola de nouveau vers lui, enleva son poisson. Le paresseux se mit en colère contre le corbeau et le poursuivit en lui jetant (des pierres). Il chassa le corbeau loin du lieu où il pêchait. Mais le corbeau revint droit à ce lieu et lui enleva encore un poisson qu'il avait placé à côté de lui. Il fut furieux contre le corbeau et ayant pris encore un poisson il lui ouvrit la bouche, urina dedans et le laissa là pour que le corbeau l'emportât.

Le corbeau enleva le poisson et le paresseux l'injuria...... Corbeau qui sais si bien enlever un poisson, maintenant tu enlèves mon urine pour te la faire couler sur la tête. Tu es plus malin que moi, n'est-ce pas? Après avoir injurié le corbeau il resta à pêcher.

Le corbeau emporta ce poisson à un bassin où se lavait la fille du roi. Là il lui échappa du bec et il le laissa tomber dans le bassin. Le corbeau le chercha et ne le vit plus. Alors il s'envola. Les trois filles du roi étaient venues s'amuser et se laver en cet endroit. L'aînée marchait devant, la seconde au milieu, la plus jeune derrière. La plus jeune ramassa le poisson que le corbeau avait laissé tomber, elle le rapporta à la maison et le fit cuire pour le manger.

Après avoir mangé ce poisson elle devint enceinte. Le roi réfléchit en lui-même et se dit : Ma fille est toute jeune, je ne l'ai jamais laissée aller nulle part, comment se fait-il qu'elle soit enceinte? Le roi réfléchit et envoya des ordres dans tout le pays, fixant un jour pour que dans tout le pays tous les hommes grands et petits, mariés et célibataires vinssent ce jour-là au palais du roi.

Le roi ordonna à la princesse de préparer un mouchoir de feuilles de bétel (1), il fit sur ce mouchoir une cérémonie magique, il fit ensuite entrer tous les hommes dans le palais, donna le mouchoir à sa fille, ordonna à ses serviteurs d'étendre une natte où tous les hommes pussent se tenir, et à ceux-ci de s'accroupir tous sur une ligne. Ensuite le roi ordonna à la princesse de jeter le mouchoir de feuilles de bétel qu'elle avait préparées droit dans cette troupe d'hommes. Mais le mouchoir vola par dessus et ne toucha aucun de ces hommes.

Le roi dit : Si ce mouchoir de feuilles de bétel vole droit à quelque homme et entre dans le nœud de sa ceinture, cet homme sera le mari de ma fille. Le roi demanda : De tout le pays êtes-vous tous venus ici, ou reste-il encore quelqu'un ? Tous les hommes répondirent : Poussière des pieds sacrés de votre Majesté, nous sommes venus tous, seigneur ! Il n'y a plus personne à venir sauf le seul Tabong le paresseux.

Le roi demanda : Pourquoi n'est-il pas venu ? Les gens répondirent : Cet individu-là est très paresseux, nul en ce monde n'est paresseux autant que lui ; il a quarante couches de crasse sur le corps, et ne se lave qu'une fois par an. Il est paresseux depuis qu'il est sorti du ventre de sa mère.

Le roi ordonna à ses serviteurs d'aller le chercher ; ils le trouvèrent étendu à la renverse sur un lit. Il demanda aux serviteurs : Frères, que venez-vous faire ici ? Les serviteurs répondirent : Le roi nous a envoyé inviter Tabong le paresseux à venir au palais pour que la princesse lui jette le mouchoir de feuilles de bétel. Si le mouchoir vole droit à Tabong le paresseux il sera le mari de la princesse. Tabong le paresseux répondit : Je n'irai pas. Qu'irait faire là un homme comme moi ?

(1) Voir la note 3 du premier conte.

j'ai paresse d'y aller. Avez-vous jamais entendu dire jusqu'ici que je sois allé m'amuser chez les gens ? je mange et je me couche, voilà comment j'ai toujours fait. Vous, retournez au palais, quant à moi, je suis trop las, je n'y vais pas.

Les serviteurs revinrent au palais et rapportèrent au roi que Tabong le paresseux n'était pas venu et qu'il disait qu'il était très las, qu'il ne viendrait pas, qu'il avait grande paresse de venir. Le roi ordonna aux serviteurs de prendre un palanquin pour le porter. Les serviteurs prirent le palanquin et allèrent chercher Tabong le paresseux. Ils portèrent le palanquin droit à sa maison. Tabong leur demanda : Frères, où allez-vous avec ce palanquin ? Les serviteurs répondirent : Le roi nous a ordonné de prendre ce palanquin pour te porter. Tabong le paresseux leur répondit : Si vous me portez, j'irai, mais vous prenez de la peine bien inutilement, la princesse ne me jettera pas le mouchoir.

Les serviteurs dirent au paresseux de monter dans le palanquin, l'emportèrent et le déposèrent avec les voitures. Ensuite ils rentrèrent pour rendre compte au roi. Le roi ordonna à sa fille de prendre le mouchoir de feuilles de bétel et de le jeter une fois encore au milieu de la troupe d'hommes. Or le mouchoir vola à Tabong le paresseux et se glissa dans le nœud de sa ceinture.

Le roi réfléchit et eut honte dans son cœur. Il ordonna à ses serviteurs de gauche et à ses serviteurs de droite de prendre sa fille et Tabong le paresseux et d'aller les décapiter. Tous les serviteurs de gauche et les serviteurs de droite voyant la beauté de la princesse n'eurent pas le cœur assez dur pour la tuer. Ils prirent un chien et le tuèrent à la place de la princesse. Ils donnèrent à la princesse et à Tabong le paresseux un panier de riz et leur dirent de monter dans la montagne et de se sauver dans la forêt. Les serviteurs prirent ensuite le sang du chien, en frottèrent la lame de leurs sabres et les montrèrent au roi. Le roi, voyant ces sabres souillés de sang, crut ses serviteurs.

La princesse et Tabong le paresseux rencontrèrent un manguier au milieu de la forêt. Ce manguier avait des fruits mûrs qui chargaient l'arbre et les branches. Le paresseux et la princesse ramassèrent des mangues pour les manger. La princesse ramassait des mangues, mais le paresseux se coucha à la renverse sous le manguier. Si une mangue tombait à côté de lui, il ne la ramassait pas, si la mangue lui tombait dans la bouche alors il la mangeait.

Le roi des vautours vola en ce lieu pour manger des mangues. Il vit le paresseux couché ainsi tout étendu et crut que c'était un mort. Toute la troupe des vautours s'excitait à dévorer le paresseux. Ils se disaient : Laissons notre roi manger la tête ; quant à nous, nous mangerons les uns le foie, les autres les entrailles, les autres les cuisses. C'est ainsi que se parlaient les vautours. Le paresseux prêtant l'oreille entendait parler les vautours. Les vautours descendirent enfin du manguier et vinrent pour manger Tabong le paresseux.

Alors Tabong le paresseux empoigna les barbes de la gorge du roi des vautours et le battit à rester demi-mort. Le vautour ne put supporter ce traitement et il donna à Tabong le paresseux une pierre précieuse. Tabong demanda au roi des vautours : Qu'est-ce que cette pierre? Le roi des vautours répondit : C'est une pierre merveilleuse entre toutes ; par elle, quoi que tu désires, tu l'obtiendras. Tabong le paresseux demanda au roi des vautours : Si j'ai faim et que je veuille du riz, cette pierre en fera-t-elle apparaître? Le roi des vautours répondit : Quelque chose que tu désires en ton cœur, elle apparaîtra également. Tabong le paresseux dit alors au roi des vautours de lui faire apparaître du riz, des ragoûts, du riz glutineux, des bananes pour qu'il les mangeât. Le roi des vautours fit apparaître du riz, des ragoûts, des bananes mûres, du riz glutineux. Alors le paresseux crut aux paroles du roi des vautours et le lâcha. Le roi des vautours s'envola.

Le paresseux fit apparaître des gens du peuple et des serviteurs ainsi qu'un palanquin couvert pour la princesse et un cheval blanc pour lui. Ils allèrent avec la princesse jusqu'à la partie supérieure du fleuve et là il créa un palais, avec des hommes, des buffles, des bœufs, des serviteurs, des gens du peuple par milliers et dix milliers. Il ordonna à son peuple de barrer l'eau afin qu'elle ne coulât plus vers le bas. Les populations qui habitaient au dessous du courant n'eurent plus d'eau pour boire. Tous ces gens allèrent faire leur rapport au roi disant : Nous ne savons comment, depuis deux ou trois jours l'eau est à sec et interceptée dans le fleuve, O Majesté!

Le roi envoya ses serviteurs de gauche, ses serviteurs de droite examiner le cours supérieur du fleuve. Ils remontèrent le fleuve et virent le palais et les hommes et les gens du peuple foisonnant par milliers et par milliers et ils virent un drapeau planté devant le palais, et sur ce drapeau une inscription qui disait : *Le nouveau roi*.

Les serviteurs revinrent faire leur rapport au roi et lui dirent: Nous avons remonté le fleuve et nous avons vu un drapeau planté devant un palais avec l'inscription : *Le nouveau roi*. Ils racontèrent tout au roi. Celui-ci prit des hommes par milliers et dix milliers pour monter se battre. En arrivant il vit que Tabong le paresseux avait lancé un autre drapeau avec une autre inscription qui disait : Quand le roi consentira à abandonner le pays au nouveau roi, le nouveau roi lâchera l'eau pour que les peuples boivent. Le roi père de la princesse vit cette inscription, et que leurs gens étaient en plus grand nombre que les siens. Il réfléchit donc et consentit à céder à Tabong le paresseux et à la princesse.

Tabong le paresseux et la princesse lâchèrent l'eau pour que les populations pussent labourer. Le roi père de la princesse, tous les serviteurs de gauche et de droite, tous les notables grands et petits dans le pays s'étonnaient au sujet de la princesse et de Tabong le paresseux. Tous les serviteurs de gauche et de droite félicitèrent la princesse de son heureuse destinée qui n'avait plus à craindre d'infortune. Le lendemain la princesse et son mari firent des gâteaux et descendirent pour visiter le roi leur père, et alors le roi reconnut sa fille.

IV

KADŒK GENDRE [1]

Autrefois il y avait une femme et un mari. Ils avaient une fille non mariée qui venait d'atteindre quinze ans. Deux ou trois fois des garçons étaient venus la demander, mais ses parents l'avaient refusée ; ils attendaient qu'il se présentât un garçon qui connut les lettres pour la lui donner en mariage.

Par la suite la mère et le père de Kadœk allèrent demander cette fille à ses parents pour Kadœk. Ils allèrent sonder les intentions de ces époux. Arrivés à leur maison ils leur dirent : Nous voudrions dire quelque chose à nos parents (par alliance), mais

---

(1) Ce conte est intéressant, ainsi que le numéro 12, par les renseignements qu'il nous donne sur la manière dont se forment les nouveaux ménages et cette espèce de prise à l'essai du futur mari. L'on remarquera que la rupture donne, dans certains cas, lieu à une indemnité au profit de la femme. Ici il n'en est pas question, soit parce que le conteur a négligé un détail qui va de soi, soit parce que la fille est trop heureuse d'être débarrassée d'un niais. On remarquera aussi les formes dans lesquelles sont faites les propositions de mariage. On retrouvera dans d'autres occasions des circonlocutions semblables.

nous n'osons. Les deux époux répondirent : Que nos parents parlent ! qu'ils n'aient aucune crainte !

La mère et le père de Kadœk dirent : Si nous laissons échapper quelque parole que nos parents n'en soient pas offensés. Les deux époux répondirent : Quoi que vous vouliez dire, dites-le, n'ayez aucune crainte de nous. La mère et le père de Kadœk dirent : Nous avons un garçon et vous avez une fille ; donnerez-vous votre fille à notre fils pour qu'ils soient mariés ensemble ? Les deux époux répondirent : Nous pensions bien que si vous vouliez nous parler de quelque chose c'était de cela... Ils demandèrent : Votre fils connaît-il les lettres ? La mère et le père de Kadœk répondirent : Notre fils connaît les lettres mieux que qui que ce soit ; il est habile plus que n'importe qui ; quoi qu'il entreprenne il y réussit ; n'importe quelle chose en ce monde notre fils peut la faire.

La mère et le père de la fille entendant les parents de Kadœk parler de la sorte répondirent : S'il en est ainsi nous lui donnerons notre fille. Revenez chez vous, et demain matin ordonnez à Kadœk de venir ici pour que nous le voyions.

Les parents de Kadœk revinrent chez eux et dirent à leur fils : Aujourd'hui ta mère (1) est allée demander pour toi une fille ; demain matin tu iras te montrer aux parents de la demoiselle. Si tu les vois te demander si tu connais les lettres, tu répondras : Je les connais mieux que n'importe qui, je sais tout faire, je suis le plus habile des hommes. Voilà ce que tu diras aux parents de la demoiselle.

Kadœk dit : Je le ferai, et le lendemain matin il partit. Les parents de la fille lui demandèrent : Connais-tu les lettres ? Kadœk répondit : « Je connais les lettres mieux que qui que ce

(1) Voir la note 6 du premier conte.

soit; quelque chose que j'entreprenne je réussis; je suis plus
habile que n'importe qui; je suis le plus habile du monde et
nul ne m'égale; regardez-moi, je suis très habile.

Kadœk obéissait aux instructions de sa mère, il mentait, il ne
connaissait pas les lettres, il était le plus sot garçon du monde
et il mentait aux parents de la fille.

La mère de la fille dit à Kadœk d'aller avec la fille chasser
les sarcelles dans le paddy. La mère lui demanda : sais-tu tirer
de l'arbalète? Kadœk répondit qu'il le savait. La mère alors lui
dit : Puisqu'il en est ainsi, voici une arbalète qu'a laissée mon
feu mari, veux-tu la prendre pour aller tirer les sarcelles? Kadœk
répondit : Soit! La mère prit l'arbalète et la lui donna. Kadœk
mit l'arbalète sur l'épaule et alla aux rizières. Arrivé aux rizières
il vit une quarantaine de sarcelles qui mangeaient le paddy. Les
sarcelles mangeaient le paddy serrées en bande dans les rizières.
Kadœk tendit l'arbalète, posa la flèche et visa, mais il ne savait
comment tirer et resta là une demi-journée. Ces sarcelles avaient
mangé tout le paddy de la rizière. Sa femme frappa sur l'arbalète et fit partir la gâchette. L'arbalète partit, la flèche vola et
alla toucher une sarcelle, il courut et la saisit. Il revint ensuite
et dit des injures à sa femme. Cette fille, dit-il, est vraiment
tracassière, j'allais tuer toute cette bande de sarcelles, elle a frappé
la gâchette, la flèche est partie et n'a touché qu'une sarcelle.
Désormais ne viens pas faire partir la gâchette de l'arbalète, et
je tuerai toute la bande de sarcelles, de sorte qu'à l'avenir elles
ne mangeront plus votre riz. Si je mens prends-t'en à moi. De
peur que tu dises que tu ne le sais pas, je te le dis : Je suis
très habile.

Kadœk parlait ainsi à sa femme. Il lui mentait, il était le plus
sot garçon du monde et ne savait pas tirer de l'arbalète, mais
il mentait à sa femme pour se faire vanter par elle.

Sa femme et lui prirent la sarcelle et revinrent à la maison. Il ordonna à sa femme de la faire cuire en sauce. Sa femme fit cuire cette sarcelle et l'appela pour venir manger ce ragoût avec ses parents. Il mentit à sa femme et lui dit qu'il ne mangerait pas de ce ragoût, qu'il y en avait très peu, qu'il le laissait aux parents et qu'il n'en mangerait pas ; il dit que chez sa mère chaque jour il allait tirer les sarcelles, et les rapportait pour les faire cuire en sauce et les manger.

La femme et ses parents mangèrent toute la sarcelle, il n'en resta qu'un résidu de sauce au fond de la marmite que la femme oublia de laver. Elle prit cette marmite et la suspendit à un crochet dans la cuisine. Au milieu de la nuit Kadœk entra dans la cuisine, prit avec les doigts ce reste de sauce dans la marmite et le lécha. En la goûtant il trouva cette sauce très savoureuse. Alors il introduisit sa tête dans la marmite pour lécher la sauce. Mais la tête se trouva prise et quand il voulut la retirer il ne le put. Il fit alors semblant d'être malade et se mit à gémir.

Sa femme et ses beaux parents vinrent lui demander : Qu'as-tu pour te plaindre ainsi, ô Kadœk ! Il répondit : N'approchez pas de moi, vous me tueriez. Sa femme souleva la natte et voulut le regarder ; mais il ne la laissa pas faire. Il dit que chez sa mère il était aussi malade périodiquement (?) et qu'alors sa mère et son père n'osaient pas approcher de lui et que, s'ils approchaient le *Prok* (1), seigneur de la maison, lui pinçait le bas-ventre.

(1) Il y a quelques divergences dans les renseignements qui m'ont été donnés sur ces *prok* ou *prok patra*. D'après les uns ce seraient les esprits des enfants morts avant terme, d'après d'autres les esprits d'enfants déjà pubères morts avant d'avoir été mariés. Ils se manifestent en rêve à leurs parents, leur fait

Sa femme et ses parents n'osèrent donc pas approcher de lui. Ils allèrent consulter les sorts et le laissèrent seul dans la maison; alors il ne gémit plus. Il essaya de retirer sa tête de la marmite, mais il ne le put. Sa femme et sa belle-mère prirent du vin et du bétel et allèrent consulter les *pajüw*. L'esprit descendit dans la pajüw et dit : Personne ne lui a fait de mal. C'est Kadœk qui s'est fait du mal à lui-même. Soulevez la natte et vous verrez le *génie marmite* qui l'a frappé.

La belle-mère et la femme revinrent à la maison raconter cela au beau-père. Celui-ci alla soulever la natte et vit que Kadœk avait la tête prise dans la marmite. Il lui demanda : que t'est-il arrivé pour que tu aies la tête prise ainsi dans la marmite ? Kadœk rédondit : Le Prok, seigneur de ma maison, a apporté cette marmite et m'en a harnaché la tête.

Le beau-père se mit en colère contre ce menteur il prit un manche de hache et le frappa à coups redoublés (?) de sorte qu'il dégagea la marmite de la tête de Kadœk. Kadœk s'enfuit chez lui. Ses parents lui demandèrent : Que viens-tu faire, ô Kadœk ? Mais on avait beau lui faire des questions il ne répondait pas. Sa mère l'interrogea nombre de fois enfin il dit : Je ne veux plus de femme, je répugne à vouloir une femme, je voulais une femme (?), mais désormais je n'en veux plus, les parents sont par trop mauvais.

---

connaître leur nouveau nom. A partir de ce moment on leur fait des offrandes et ils protègent la maison. Si on les néglige ils se vengent en envoyant des maladies aux personnes de la famille. Les sorciers ou les devins déterminent quels sont les auteurs de ces maux et on les apaise par des cérémonies expiatoires.

Les *Pajüw* sont des sorciers dont le rôle ne m'est pas autrement connu. Les Tjames les identifient aux *mu Bóng* des Annamites. Dourisboure parle assez longuement dans son livre sur les Bahnars de sorciers nommés *Bo yau*.

Ses parents lui ordonnèrent cinq ou six fois de revenir chez sa femme, mais il n'y alla pas. Il dit : Si vous voulez me tuer j'y consens, mais quant à revenir chez ma femme je n'y reviendrai pas.

Les parents de la femme de Kadœk dirent à celle-ci : Aujourd'hui nous avons grand'honte ; laisse-le là, il ne manque pas de garçons. Et ainsi les deux époux se quittèrent.

V

LES RUSES DU LIÈVRE [1]

En ce temps le tigre, le lièvre, la loutre, la poule, l'éléphant tous en une société allèrent couper du chaume pour faire une maison. Ils allèrent couper du chaume. Arrivés dans la brousse ils laissèrent le tigre au campement et tous les autres allèrent couper du chaume. Le tigre resta au campement, il prit des cerfs et des chevreuils, fit cuire du riz, de la viande, il en fit rôtir une partie et frire l'autre, ensuite il appela ses compagnons et leur dit de venir manger. Ils vinrent manger et firent des compliments au tigre.

Le lendemain l'éléphant, le lièvre, la poule et le tigre laissèrent la loutre au campement pour leur chercher à manger, quant à eux ils allèrent couper du chaume. La loutre resta au campement, elle alla plonger dans l'eau et prit des poissons *kadu*, *hajau* et *tjarôk*, ensuite elle fit cuire du riz, fit sécher

----

(1) Ce conte se retrouve chez les Cambodgiens (voir AYMONIER, *Textes khmèrs*) et même chez les Annamites qui l'ont emprunté à leurs voisins. (Voir *pontes et légendes annamites*, 48-44.)

4.

une partie de ses poissons, en mit d'autres à l'eau, d'autres au *mắm* (?) et en fit rôtir une autre partie. Ensuite la loutre cria à ses compagnons qui étaient allés couper le chaume de venir manger. Ils louèrent tous la loutre et dirent qu'elle était très habile à prendre du poisson et aussi à faire à manger.

Le lendemain ils laissèrent la poule au campement pour leur chercher des vivres et ils allèrent tous couper de l'herbe. La poule resta au campement, elle fit cuire du riz, ensuite elle mit la marmite sur le feu, elle chanta tout autour et pondit une pleine marmite (d'œufs); elle fit cuire des œufs à l'eau. Ensuite elle cria à ses compagnons de venir manger. Tous louèrent la poule disant que ces œufs cuits à l'eau et émiettés dans la saumure étaient très savoureux à manger.

Le lendemain toute la société ordonna au lièvre de rester au campement pour chercher des vivres. Quant aux autres ils allèrent couper du chaume. Le lièvre resté au campement ne sut comment faire et ne fit que rêver. Il fit cuire une marmite de riz, puis suspendit sa marmite, la remplit de crottes, les mêla de *nước mắm* (1) et de sel pour les faire cuire et cria à ses compagnons de venir manger. Quant à lui il fit semblant d'avoir la fièvre, se coucha, s'enveloppa dans sa natte et se mit à gémir. Les autres compagnons vinrent manger et l'appelèrent pour le repas. Il répondit : J'ai grand mal à la tête je ne mangerai pas. La troupe se mit donc à manger; mais dans ce plat ils ne voyaient que de l'eau et pas un grain de solide. Ils demandèrent au lièvre : Qu'est-ce que c'est qu'un ragoût comme cela? Le lièvre répondit : J'ai fait cuire un poisson *hakan*, il s'est tout défait dans la marmite et a disparu. Les compagnons mangèrent le riz, ensuite ils mangèrent le ragoût et ils le vantèrent comme très savoureux.

(1) C'est le condiment bien connu obtenu par la fermentation du poisson. Je me sers du mot annamite qui est familier à tout le monde en Cochinchine.

Le lièvre fit semblant de bâiller et cria : *Hay êh taputj !* Il gémissait et en même temps il faisait semblant de bâiller ; trois ou quatre fois il bailla (et cria) comme cela.

L'éléphant, le tigre, la loutre, la poule mangèrent tous et louèrent ce ragoût disant qu'il était très bon. Le lièvre bâilla une fois encore s'écriant : *Hay êh taputj ! hwutj êh tapay* (1) ? Les compagnons réfléchirent et dirent : Le lièvre nous a fait cuire des crottes, ce n'était pas du poisson. Nous avons mangé des crottes de lièvre et non pas du poisson.

Ayant fini leur repas ils s'unirent, les uns pour faire le char les autres pour faire les buffles afin d'aller charger leur chaume. L'éléphant dut faire le char, le tigre et la loutre étaient les buffles et la poule guidait. Quant au lièvre, étant malade, il ne pouvait rien faire et on le laissa chasser le char. Marchant ainsi ensemble ils allèrent charger leur chaume.

Arrivés à l'endroit où ils l'avaient coupé ils le chargèrent sur le dos de l'éléphant, ensuite ils s'exhortèrent les uns les autres à aller arracher des lianes pour attacher le chaume sur le dos de l'éléphant pour qu'il fût solide. Le tigre et la loutre prirent des lianes et les attachèrent au cou de l'éléphant, et de l'autre côté les lièrent solidement à leur cou.

La poule conduisit le char et le lièvre le chassa devant lui. Ils attelèrent ce char de chaume pour revenir à la maison. A moitié chemin le lièvre fit semblant d'avoir la fièvre et d'être très malade ; il demanda à ses compagnons de le laisser monter sur le char parce qu'il ne pouvait marcher dessous. Les autres con-

---

(1) Le lièvre emploie ici un procédé d'*équivoque* familier aux Annamites et dont on trouve du reste des exemples dans Rabelais. Il allie la finale d'un mot avec l'initiale de l'autre. *Hay êh tapwutj* n'a pas de sens par lui-même ; il n'est destiné qu'à faire penser à *hwutj êh tapay* (je sens) ou sentez la crotte de lièvre.

sentirent à le laisser monter sur le char. Tous ensemble ils attelèrent le char pour revenir à la maison. A moitié chemin le lièvre,
monté sur le char, fit semblant de gémir et demanda à la poule
un bout de tison pour se réchauffer. La poule prit un bout de
tison et le lui donna. Le lièvre souffla le feu, voulant enflammer
le chaume qui était sur le char. La poule, la loutre, le tigre,
l'éléphant l'entendaient souffler le feu, mais ils ne savaient pas
que ce fût pour mettre le feu au chaume sur le char, ils pensaient
que c'était pour se chauffer. Quand le lièvre eut soufflé le feu il
enflamma le chaume sur le char, le feu se mit au chaume, le
lièvre sauta en bas du char et s'enfuit. Le feu dévora le chaume
sur le dos de l'éléphant.

Le tigre, la loutre et l'éléphant tiraient l'un d'un côté et l'autre
de l'autre pour s'enfuir. Le lièvre cria au tigre (1) : O buffle !
tire le char contre le vent ! L'éléphant et le tigre ne l'écoutaient
pas. Le lièvre cria de nouveau : O loutre ! ô tigre ! tirez l'éléphant
contre le vent ! La loutre et le tigre l'entendirent et tirèrent
l'éléphant contre le vent, mais lorsqu'ils le tirèrent ainsi le feu
se mit à dévorer le chaume sur le dos de l'éléphant. Enfin la
loutre le fit entrer dans l'eau et le feu fut éteint et mourut.

Quand le lièvre vit le feu éteint il eut peur que ses compagnons ne vinssent de concert le tuer. Il s'enfuit dans la forêt
pour se cacher du tigre et de la loutre, mais il y rencontra un
python qui s'enroula sur son corps.

Le tigre se mit à la recherche du lièvre pour le manger. Il
le vit avec le python enroulé autour de lui en cet endroit. Il
lui demanda : Que fais-tu là ainsi ? Le lièvre répondit : Je me
mets une ceinture à fleurs pour m'amuser ; elle m'a été laissée

---

(1) Le tigre et la loutre jouent le rôle des buffles niais, dans leur émoi, ils
ne répondent pas à cette appellation.

par mes ancêtres. Le tigre demanda cette ceinture au lièvre pour se l'attacher (autour du corps); il ne savait pas que c'était un python. Le tigre fut trompé par le lièvre qui lui dit que c'était une ceinture à fleurs qu'il avait héritée de ses parents, et il la demanda au lièvre.

Le tigre demanda la ceinture au lièvre, celui-ci fit semblant de ne pas vouloir la lui donner. Le tigre demanda cette ceinture au lièvre depuis le matin jusqu'à ce que le soleil fut haut, et alors seulement le lièvre consentit à la lui donner. Il dit au tigre : Va chercher une épine et rapporte-la moi afin que je défasse le nœud de cette ceinture pour te la donner. Le tigre alla chercher une épine et la rapporta au lièvre. Celui-ci dit au tigre de se tenir près de lui, ensuite il prit l'épine et la piqua dans le nez du python. Le python se déroula du corps du lièvre et s'enroula autour du tigre qui resta là tandis que le lièvre s'enfuyait. Le lièvre s'enfuit en criant aux hommes : Ô hommes ! le python a saisi le tigre, allez tous tuer le tigre. Les hommes partirent ensemble portant des couteaux et des lances pour tuer le tigre. Celui-ci les voyant venir pour le tuer mordit le python et le coupa en deux. Ensuite il s'enfuit dans la forêt et les hommes revinrent chez eux.

Le tigre se mit à la recherche du lièvre. Il parcourut la forêt et les clairières et vit le lièvre occupé à tambouriner. Le lièvre avait rencontré sur son chemin un nid de guêpes (terrestres), il en avait bouché la sortie avec des feuilles, et ensuite avait pris un bâton pour frapper sur le nid. Le tigre entendant ces guêpes bourdonner harmonieusement fut très désireux de les entendre. Il demanda au lièvre : Que fais-tu là, Ô lièvre? Le lièvre répondit : Je bats un tambour que m'ont laissé ici mes ancêtres; à l'heure propice, au jour favorable, cela me réconforte extrêmement. Qu'y a-t-il pour que tu m'interroges ainsi?

Le tigre demanda au lièvre de le laisser battre ce tambour, mais celui-ci n'y consentit pas. Il dit : En ce monde avoir jamais pitié de toi! Que je n'en aie jamais pitié, c'est ce qu'il faut. Le tigre répondit : Frère lièvre, laisse-moi un peu battre de ce tambour pour voir. Le lièvre répondit : Soit! je vais te laisser faire Si tu veux que ce tambour rende un son harmonieux, il te faut ouvrir le trou du dessous et boucher celui du dessus. Alors en frappant ce tambour il rendra un son très harmonieux.

Le tigre obéit au lièvre; il ouvrit (le trou du dessous) et frappa sur celui du dessus, les guêpes sortirent par l'orifice inférieur et le lièvre s'enfuit. Les guêpes piquèrent le tigre qui se mit à gémir et à courir par toute la forêt. Quant au ièvre en fuyant pour se cacher du tigre, il vit un arbre dont les branches frottaient l'une sur l'autre et il monta sur cet arbre.

Le tigre, à demi-mort des piqûres des guêpes, courait en rauquant par toute la forêt. Enfin il se jeta dans l'eau, les guêpes ne le virent plus et retournèrent à leur nid, et le tigre échappa ainsi à leurs piqûres.

Le tigre se mit à la poursuite du lièvre; il était dans son cœur extrêmement irrité contre lui et résolu à le dévorer. Il le trouva perché sur l'arbre et lui dit : Frère lièvre! tu m'as trompé frauduleusement; maintenant tu t'es caché sur cet arbre, descends vite pour que je te mange. Le lièvre répondit: Si tu veux me manger accorde-moi, je te prie, d'attendre jusqu'à midi, ensuite tu me mangeras. Maintenant je te demande de me laisser attendre une heure favorable pour jouer de ce *Sharanai* (1) que m'ont laissé mes aïeux sur cet arbre. Le lièvre parlait ainsi mais dans son cœur il avait grand peur que le tigre ne le dévorât. Le tigre en lui-même voulait demander au lièvre le

______

(1) *Shavanai,* nom d'un instrument de musique.

Sharanai pour en jouer. A midi, le vent se leva et agita l'arbre, les branches alors frottèrent l'une contre l'autre, et l'arbre fit entendre un son.

Le tigre entendit ce son et se dit : Véritablement le lièvre joue du *Sharanai*. Il ne savait pas que c'étaient les branches d'arbre qui, frottées les unes contre les autres, rendaient ce son.

Le tigre demanda au lièvre ce *Sharanai* pour en jouer. Il dit au lièvre : Frère lièvre ! donne-moi ce *Sharanai* pour en jouer et je ne te mangerai pas. Le lièvre répondit : Si tu veux me manger, mange-moi, mais quant à ce *Sharanai* que m'ont laissé mes ancêtres, je ne te permettrai pas d'en jouer. Le tigre dit : Non ; je ne te mangerai pas. Le lièvre dit : Soit ! puisque tu me presses si fort je te permettrai d'en jouer. Monte avec moi que je te montre comment jouer de ce *Sharanai*. Le tigre monta sur l'arbre avec le lièvre et le lièvre lui montra comment il fallait faire.

Le lièvre dit : Si tu veux tirer de ce *sharanai* un son harmonieux, il faut attendre qu'il s'élève un fort vent et que les branches s'écartent, alors tu introduiras ta langue dans l'interstice. Le tigre obéit au lièvre, il attendit qu'il s'élevât un fort vent pour introduire sa langue entre les branches. Le lièvre alors fit semblant de descendre de l'arbre pour se soulager. Le vent s'éleva et agita l'arbre dont les branches s'écartèrent, et le tigre y introduisit sa langue ; mais quand le vent cessa l'arbre reprit sa position et pinça le tigre par la langue. Il eut beau faire, il ne put se dégager et ne put que se débattre en gémissant. Le lièvre s'enfuit et cria aux hommes : Ô hommes ! l'arbre a pris le tigre ! et les hommes accoururent tous pour tuer le tigre. Quand celui-ci les vit accourir, en se débattant il se cassa la langue, sauta à bas de l'arbre et s'enfuit.

Quant au lièvre, en fuyant il était tombé dans un puits à sec. Le tigre, irrité contre le lièvre, se mit à sa recherche, résolu à le manger quand il le trouverait. Le tigre trouva le lièvre tombé dans le puits; il lui demanda : Que fais-tu dans ce puits? Le lièvre, mentant, lui répondit : Tu ne sais pas! demain matin le ciel va tomber; c'est pourquoi je reste dans ce puits, de peur qu'il ne m'écrase. Le tigre dit au lièvre : Laisse-moi demeurer dans le puits avec toi, ô lièvre! aie pitié de moi et fais-moi ce bien. Le lièvre répondit : Je ne ferai pas de bien. Le tigre le pria depuis le matin jusqu'à midi, alors seulement le lièvre consentit à le laisser entrer. Le lièvre dit au tigre d'aller couper un bâton et de le lui donner. Le tigre lui porta un bâton, ensuite il sauta dans le puits avec le lièvre. Le lièvre prit le bâton et en chatouilla le tigre. Si ce lièvre fait le méchant, dit le tigre, je vais l'envoyer là-haut où le ciel l'écrasera. Le lièvre répondit : Vrai! Tu es fort, mais tu ne pourrais pas me faire sauter ainsi. Ainsi le lièvre contredit le tigre; celui-ci contredit le lièvre et le fit sauter sur le bord du puits. Le lièvre dit : Ainsi tigre, tu veux lutter avec moi de sagesse. Le tigre répondit : Ne te vante pas; là-haut tu seras écrasé. Je ne te permettrai pas de descendre avec moi dans le puits. Le lièvre dit : Soit! Si tu ne me permets pas de rester avec toi, je ne t'écouterai pas non plus. (?) Je vais chercher de l'eau pour boire et je reviens.

Le lièvre alla droit à un endroit où les hommes faisaient des réjouissances et, en passant devant, il leur cria : Le tigre est tombé dans le puits, ô hommes! allez tuer le tigre! Les hommes laissèrent le théâtre de la fête et des gâteaux plein la salle et partirent. Le lièvre vint dans la salle et mangea tous ces gâteaux. Ensuite il prit toutes les écuelles et les tasses où l'on avait mis les gâteaux, les entassa et les recouvrit d'une natte. Il prit un mouchoir rouge que l'on avait offert au *Srok* et l'enroula autour de la tête; ensuite il se mit à frapper sur un tambour.

Les hommes qui étaient allés tuer le tigre le virent dans le puits. Le tigre eut peur d'eux et poussa un rugissement; les hommes eurent peur du tigre et s'enfuirent. Le tigre sauta hors du puits et se sauva dans la forêt. Quant au lièvre, il battait du tambour dans le village. Les hommes revinrent chez eux. Quand le lièvre les vit il sauta sur le faîte de la maison où il s'accroupit. Les hommes rentrèrent dans la salle et virent que les gâteaux avaient disparu; ils virent les écuelles et les bols que le lièvre avait entassés et enveloppés d'une natte; alors ils se dirent : Le lièvre s'est couché dans la natte. Ils frappèrent dessus avec un bâton et cassèrent tous les bols. Ensuite ils virent le lièvre qui se tenait sur le faîte de la maison, la tête entourée d'un mouchoir rouge. Ils s'exhortèrent à le cerner pour le battre; mais, ayant entouré cette maison, le lièvre sauta sur une autre; ils allèrent chercher des filets et les tendirent autour du mur de terre (?). Ensuite ils prirent un tison et mirent le feu à cette maison. Le feu dévora la maison, mais le lièvre s'enfuit.

Le lièvre épia la maîtresse de la maison où l'on faisait cette fête et où il avait mangé ces gâteaux. Elle était allée au marché pour acheter des gâteaux, des bananes, du sucre pour la cérémonie. Le lièvre la vit et la reconnut qui revenait du marché. Il courut se coucher au milieu du chemin et fit semblant d'être mort pour que cette femme le mit dans le panier et qu'il y mangeât tous les gâteaux. La femme revenant du marché vit le lièvre mort au milieu du chemin. Elle dit : c'est le lièvre qui a mangé mes gâteaux; les *prok* et les *patra* seigneurs de notre maison l'ont tué sans doute. La femme prit le lièvre et le mit dans le panier de gâteaux qu'elle portait sur la tête. Arrivée chez elle, elle posa le panier par terre, le lièvre sauta hors du panier et disparut. La femme ouvrit le panier pour regarder et vit que le lièvre avait mangé tous les gâteaux. Alors elle dit : voilà un lièvre bien trompeur.

Le lièvre courut et rencontra l'éléphant qui pleurait. Le lièvre lui demanda : Que t'est-il arrivé pour que tu pleures ? L'éléphant répondit : Le tigre et moi nous avons parié de rugir. Si je rugissais de manière à faire tressaillir tous les quatrupèdes et tous les oiseaux de la forêt, je devais manger le tigre ; si le tigre rugissait à les faire tressaillir, il me mangeait ; si nous réussissions également tous les deux, quittes, si je rugissais à faire tressaillir les oiseaux je mangeais le tigre, mais je ne les ai pas fait tressaillir ; le tigre les a fait tressaillir, j'ai été vaincu par lui, et le tigre veut me manger ; il m'a fixé demain matin comme terme.

Le lièvre dit : Laisse-moi te sauver. Fais-moi un paquet de chiques de bétel et demain matin quand tu me verras courir sur toi et te frapper de mes cornes, fais semblant de tomber et d'être mort, roule-toi deçà et delà tant que je ferai semblant de te frapper.

L'éléphant obéit au lièvre, prépara des chiques et les lui donna. Le lièvre chiqua le bétel ensuite il frappa de la corne, il poursuivait l'éléphant et le frappait, l'éléphant faisait semblant de se rouler, et le lièvre lui crachait le bétel sur le corps. Le tigre vit le lièvre frapper ainsi l'éléphant, il vit les crachats rouges qu'il lui avait crachés sur le corps ; il se dit : Le lièvre a encorné l'éléphant et le sang coule. Il eut peur du lièvre. Le lièvre courut sur le tigre et celui-ci s'enfuit dans la forêt.

En chemin le tigre rencontra la tortue qui lui demanda (ce qu'il avait), et le tigre lui raconta toute l'affaire. La tortue dit au tigre de couper une liane et de l'attacher à sa ceinture pour qu'elle le menât manger le lièvre. Le lièvre vit la tortue amener le tigre pour le manger, il courut sur eux et le tigre se sauva dans la forêt. Il traîna la tortue qui se heurta à des souches et le sang lui coula de la gueule. Le tigre traîna la tortue dans la forêt, et, se retournant, il la vit morte mais il ne savait pas qu'elle fût morte et croyait qu'elle s'était endormie, et quant au sang qui lui coulait de la bouche, il le prenait pour des restes de bétel.

La tortue reprit ses sens et dit au tigre : Si tu veux lécher ce bétel, lèche-le et le tigre lécha ce bétel qui était le sang de la tortue (1).

(1) La fin de ce conte paraît écourtée et peu cohérente.

VI

NALWËI SAUVÉ PAR LE LIÈVRE

En ce temps Halwëi s'était loué pour porter l'eau pour arroser
le tabac. Un jour en portant de l'eau il marcha sur un *ratong
dao* (1) dans l'eau du fleuve, ce *ratong dao* fut écrasé. Le roi
des poissons et ses serviteurs et son peuple vinrent par milliers
et par milliers et voulaient dévorer Halwëi. Le roi des poissons
était irrité contre Halwëi parce qu'il avait écrasé le *ratong dao;*
le roi des poissons (et les poissons) à l'envie voulaient dévorer
Halwëi.

Halwëi dit doucement à ces poissons : Attendez demain matin
pour me manger. Pour aujourd'hui laissez-moi aller visiter mes
frères, mes parents et mon maître pour leur raconter la chose,
ensuite je reviendrai pour que vous me mangiez.

Le roi des poissons lui répondit : Soit! aujourd'hui, je t'accorde d'aller voir tes frères, demain matin tu reviendras pour
que je te mange. Halwëi porta de l'eau à la maison et tout en

(1) *Ratong dao,* nom d'un petit poisson (en annamite : *cá lòng tòng*).

marchant dans le chemin il pleurait. Le lièvre le voyant pleurer lui demanda : Qu'as-tu pour pleurer si fort, ô homme? Halwëi répondit : Je suis engagé pour porter de l'eau pour arroser le tabac, j'ai écrasé un *ratong dao* et le roi des poissons veut me manger. Le lièvre lui dit : Maintenant va porter ton eau à la maison, ensuite va couper une pleine charrette de *ramœk* (2) et porte-la moi en ce lieu afin que je te sauve.

L'homme obéit au lièvre; il revint à la maison, alla couper du *ramœk* et le rapporta au lièvre. Le lièvre le mena à l'endroit où il avait écrasé le *ratong dao* et lui ordonna de prendre sa serpe, d'écorcer le *ramœk* dans ce lieu et de faire une levée de terre tout autour. Ensuite le lièvre ordonna à Halwëi d'ouvrir toute grande l'ouverture (qu'il avait laissée à la levée) et se tenant au milieu du *ramœk* de crier aux poissons de venir le manger. Halwëi cria au roi des poissons de venir le manger.

Le roi des poissons (et les poissons) accoururent et voulurent dévorer Halwëi mais ils furent frappés par le *ramœk* et moururent par milliers et dix milliers. Le lièvre dit à Halwëi de prendre ces poissons, de les entasser sur la berge et de les charger sur la voiture pour les apporter à la maison; là les saler, en faire sécher une partie, d'une autre faire du *mắm,* d'une autre du hachis, d'une autre du poisson sec. Le lièvre dit à Halwëi d'aller vendre tous ces poissons; il alla les vendre et il eut de l'argent et du riz, devint riche et n'eut plus besoin d'aller se louer chez les gens.

(2) *Ramœk,* espèce de liane ou plutôt d'arbuste à nombreuses ramifications sans feuilles, ayant l'aspect de cornes de cerf. Les Tjames en emploient le suc pour empoisonner le poisson.

VII

LUTTE DU TIGRE ET DU VAUTOUR

En ce temps-là le tigre prit un panier pour aller prendre des poissons en épuisant l'eau. Sur son chemin il vit une grande mare dans laquelle il y avait beaucoup de poissons. Le tigre se mit à épuiser la mare, il épuisa depuis le matin jusqu'au moment où le soleil décline et alors la mare fut à sec. Il y avait dans cette mare des poissons par milliers et dix milliers.

Un vautour qui était je ne sais où vola en ce lieu et vit que le tigre avait épuisé l'eau de la mare.... Le vautour demanda des poissons au tigre. Le tigre lui répondit : Si tu veux descendre prendre des poissons, prends-en je te l'accorde. Le tigre pensait que le vautour ne savait pas prendre les poissons.

Le vautour voyant que le tigre lui permettait de prendre du poisson descendit pour pêcher. Comme il avait un bec il piquait les poissons tandis que le tigre ne pouvait en prendre. Toutes les fois qu'il saisissait un poisson, celui-ci lui échappait. C'est pourquoi le tigre n'en prenait pas. Car il ne pouvait les saisir avec ses pattes et les poissons filaient tous à travers les interstices de ses pattes. Quant au vautour il avait un bec et piquait les poissons, aussi les prenait-il rapidement.

Le tigre vit que le vautour prenait si vite les poissons, que tous les gros avaient disparu et qu'il ne lui avait laissé que les petits, il se disputa alors avec le vautour et ils se battirent ensemble ; le vautour piquait le tigre du bec et s'envolait, quant au tigre il ne savait comment faire ne trouvant plus là ce vautour.

Le tigre ne pouvant venir à bout du vautour appela l'homme à son secours. L'homme était à couper des pieux, il entendit le tigre qui l'appelait et accourut à son aide en portant sa serpe sur l'épaule, et ainsi le vautour cessa de piquer le tigre du bec.

Le tigre dit à l'homme : Homme ! tu m'as rendu le service de me sauver, je t'en ai obligation. Maintenant je vais te dire une chose encore, je veux te le dire, mais j'ai grandement peur (de t'offenser). L'homme répondit : Frère tigre, n'aies pas peur de moi, ce que tu veux dire, dis-le ; parle sans avoir peur de moi. Alors le tigre dit à l'homme : Tout à l'heure tu vas revenir chez toi, ne dis à personne que tu m'as sauvé, je prendrai des cerfs et des chevreuils pour te récompenser du service que tu m'as rendu.

L'homme dit : Soit ! je ne le dirai à personne. Le tigre dit : Si tu le dis à quelqu'un je te mangerai. L'homme répondit : Soit ! si véritablement j'en parle à quelqu'un tu me mangeras.

L'homme revint chez lui et ne dit rien à personne. Pendant la nuit il se coucha dans sa maison, et au matin, en sortant avec sa femme, il vit des cerfs et des chevreuils étendus dans la cour. Sa femme lui demanda : Qui a porté ces cerfs et ces chevreuils dans notre cour ? L'homme ne dit rien à sa femme. Il savait que ces cerfs et ces chevreuils avaient été apportés par le tigre pour le récompenser.

La nuit suivante également le tigre prit des cerfs et des chevreuils et les porta dans la cour de cet homme. Au matin celui-ci vit les cerfs et les chevreuils étendus dans sa cour. Le mari et la femme les prirent et en firent de la viande. Cette nuit le tigre vint en cachette écouter ce que l'homme disait à sa femme. La femme demanda : Qui porte ces cerfs et ces chevreuils dans notre cour? L'homme répondit : Je ne sais pas. La femme gémissant se pleignit qu'il lui disait ordinairement toutes choses, comment se fait-il que cette fois il ne me dise pas la vérité? Alors le mari lui conta que ce jour-là il était à couper des pieux et qu'il vit le tigre se battre avec le vautour. Le tigre était le plus faible, il m'appela à son secours et j'y courus. Le vautour eut peur de moi et lâcha le tigre (1).

Or, le tigre était caché derrière la maison de l'homme et il l'entendit parler ainsi avec sa femme. Le tigre dit : Maintenant je t'ai entendu, tu as parlé avec ta femme, viens demain matin à la mare que j'ai épuisée pour que je te mange.

L'homme ne savait que faire, il ne faisait que pleurer et regretter sa femme, et il raconta la chose à sa femme. Le lendemain matin il alla droit à la mare que le tigre avait épuisée et chemin faisant il pleurait. En route, il rencontra le lièvre et celui-ci lui demanda : Où vas-tu pleurant ainsi partout le chemin? L'homme répondit : Je vais me faire manger par le tigre. Le lièvre dit à l'homme : Comment se fait-il que tu ailles te faire manger par le tigre? L'homme répondit au lièvre : Un jour le tigre et le vautour se battaient pour des poissons et le tigre fut vaincu par le vautour, il m'appela à son aide, j'accourus, et j'empêchai le vautour de piquer le tigre (du bec), le tigre m'avait recommandé en m'en retournant de ne dire à personne

---

(1) Il y a dans tout ce morceau un mélange à peu près inextricable de discours direct et indirect. La traduction suit le texte d'aussi près que possible.

que je l'avais sauvé et qu'il me récompenserait. J'y acquiesçai.
Pendant la nuit le tigre prit des cerfs et des chevreuils et me
les porta et il resta à épier ce que je disais à ma femme. Je
racontai à ma femme que le tigre s'était battu avec le vautour
et que je l'avais sauvé, il m'a entendu et m'a ordonné de venir
pour qu'il me mange.

Le lièvre dit : Frère homme, n'aies pas peur! le tigre n'osera
pas te manger. L'homme dit : Je te suis obligé. Mais comment
éviter que le tigre me mange, ô frère lièvre!

Le lièvre mena l'homme vers le tigre. Arrivé à moitié chemin
il dit à l'homme de marcher devant et qu'il marcherait derrière.
L'homme arriva à la mare que le tigre avait épuisée et il y
trouva le tigre. Celui-ci allait sauter et faisait mine de dévorer
l'homme. Le lièvre fit un saut hors des brousses et parut. Le
tigre lui demanda : Frère lièvre, où vas-tu? Le lièvre répondit :
Je viens voir le tigre manger l'homme. Le tigre raconta au lièvre
tous les discours qui avaient été tenus entre l'homme et lui et
qu'il allait le manger. Le lièvre dit : Tu veux manger l'homme,
je te prie de me le donner pour cette fois.

Le tigre n'écouta pas le lièvre et voulait manger l'homme.
Alors le lièvre dit : Si tu ne m'écoutes pas je vais me secouer
et faire voler de mon corps une nuée de vautours qui te pique-
ront. Ne vas-tu pas m'écouter? Le lièvre se secoua, et il vit un
vautour voler en rond dans le ciel. Il le montra au tigre; le tigre
à la vue de ce vautour s'enfuit dans la forêt et ne dévora pas
l'homme.

VIII

LE FORT

———

En ce temps il y avait un roi qui n'avait pas d'enfants, il ordonna à ses serviteurs d'aller inviter les astrologues à venir consulter les sorts. Les astrologues vinrent consulter les sorts pour le roi. Ils ouvrirent les livres, examinèrent les caractères et dirent : Si le roi veut avoir un enfant, qu'il fasse des aumônes aux embouchures des rivières. Ils ajoutèrent : Dans peu cet enfant ruinera entièrement le roi.

Le roi répondit : Je ne demande que d'avoir un fils, si je deviens pauvre j'y consens. Le roi fit des aumônes d'or d'argent, de vêtements à toutes les embouchures des rivières et la reine devint enceinte. Quand elle eut été enceinte neuf mois et dix jours elle coucha sur le feu (elle accoucha), sept jours après l'accouchement on donna le riz à l'enfant ; on lui en donna trois bouchées et il pleura ; on lui en fit avaler un bol et il continua à pleurer, quant il en eut avalé trois écuelles il se tut.

Quand le roi vit que cet enfant mangeait tant il eut peur qu'il ne mourut, et il dit à ses serviteurs d'aller inviter les astrologues à venir consulter les sorts pour cet enfant. Les astrologues ouvrirent leurs livres, regardèrent les caractères et dirent que dès le ventre de la mère cet enfant était grand mangeur et qu'en mangeant ainsi il échapperait à la mort, à un an et un mois il mangerait une poule le matin et une poule le soir.

Le roi réfléchit en son cœur et dit à la reine : Cet enfant va nous ruiner, madame ! La reine répondit au roi : Le seigneur nous l'a donné ainsi, résignons-nous. Le roi écouta sa femme et ne tua pas l'enfant. Plus cet enfant grandissait, plus il mangeait. Il lui fallait une poule chaque matin et chaque soir.

Le roi et la reine devenaient chaque jour plus pauvres, et cependant la reine ne disait rien. Quand l'enfant eut onze ans, à chaque repas il mangeait une chèvre. Le roi et la reine devenaient de jour en jour plus pauvres et ils le supportaient. Quand l'enfant eut quinze ans, à chaque repas il mangea un buffle. Le roi et la reine ne supportèrent plus (cela). Ils se dirent qu'il fallait tuer cet enfant. La reine dit : De quelle manière le tuer? En voici une. Menez-le aujourd'hui dans la brousse, abattre un arbre et faites qu'il soit écrasé par l'arbre.

Le roi mena son fils dans la brousse, il vit un grand manguier, il ordonna à l'enfant d'attendre sous le manguier. Pendant que le roi coupait le manguier pour l'écraser, il lui faisait cueillir les mangues. Le roi le trompait ainsi pour qu'il attendit jusqu'à ce que le manguier tombât, à cause de sa voracité.

L'enfant resta sous le manguier, le manguier tomba et le couvrit et le fit entrer en terre. Le roi prit sa hache sur l'épaule, revint chez lui et dit à la reine : Le manguier l'a écrasé et a fait entrer son corps en terre. Le soir, l'enfant arriva dans la cour portant sur ses épaules le manguier que le roi avait coupé et qui l'avait renversé; il jeta le manguier dans la cour de sa

mère et dit : Je porte ce manguier à ma mère et à mon père
pour faire de l'ombre et pour que l'on y cueille des mangues
pour les manger. Ensuite il demanda à sa mère une barre
d'argent, une charge de fer ; il prit son fer et alla se faire faire
une cognée chez un forgeron. Il ordonna au forgeron de lui
faire une cognée de tout ce fer. Le forgeron et sa femme dirent :
Nous ne pouvons pas ; il y a trop de fer. Alors il leur ordonna
de tirer le soufflet et de lui laisser forger la cognée. Il forgea
la cognée, ensuite il donna sa barre d'argent au forgeron et à
sa femme pour avoir tiré le soufflet, il mit sa cognée sur l'épaule
et alla chercher à gagner sa vie.

Sortant sa cognée sur l'épaule il rencontra *Tire charrette* qui
traînait une charrette. Il lui demanda : Pourquoi tires-tu ainsi
la charrette? L'autre répondit : Je suis très fort. Je tire la charrette à moi seul, je n'ai pas besoin d'attendre de buffles. Il dit
à *Tire charrette* d'essayer de porter sa cognée pour voir s'il
pourrait. *Tire charrette* ne le put pas. *Tire charrette* l'appela
son frère aîné *Le Fort,* et le voyant si fort il se mit à sa suite.

Les deux compagnons rencontrèrent Hawi Hawëi (1) qui
coupait des rotins pour payer le tribut au roi. *Le Fort* lui demanda : Frère aîné Hawi Hawëi pourquoi coupes-tu des rotins
sur ces montagnes? Hawi Hawëi répondit : Voici cinq ans que
je coupe des rotins sur les montagnes et j'en ai déjà dépouillé
cinq montagnes, mais je n'en ai pas encore ma charge, car je
suis très fort.

Le Fort dit : Le frère aîné Hawi Hawei dit qu'il est très fort,
qu'il prenne ma cognée sur l'épaule pour voir; s'il peut la
porter, je l'appellerai frère aîné. Hawi Hawei ne put pas porter
la cognée du *Fort.* Quant au *Fort* il enleva la brassée de rotins

(1) *Hawëi* signifie rotin.

et la jeta sur les cinq montagnes. Dessous ces rotins des serpents gros les uns comme des moyeux de roue, les autres comme des mortiers à riz, d'autres comme la cuisse ou la jambe sortirent comme la tempête.

Hawi Hawei eut peur du *Fort,* il l'appela frère aîné et se mit à sa suite. *Le Fort* seul était l'aîné. Hawi Hawei et *Tire Charrette* étaient les cadets. Les trois compagnons partirent ensemble; ils rencontrèrent *l'homme au derrière pointu, ce morveux et l'homme à la grande patte* qui tendaient des filets pour prendre du poisson dans la mer; ils prenaient des poissons grands comme des éléphants et des tigres. Ils en avaient pris une pleine barque. *Le Fort, Tire charrette* et Hawi Hawei demandèrent du poisson à *l'homme au derrière pointu,* au *morveux* et à *l'homme à la large patte.* Les trois compagnons eurent peur et se renvoyèrent la balle l'un à l'autre. *Le Fort* s'adressa au *morveux* et celui-ci le renvoya à *l'homme au derrière pointu.*

L'homme à la large patte se mit en colère et dit: Quand les gens vous demandent du poisson, si vous ne voulez pas en donner refusez et ce sera fini, tandis que vous vous les renvoyez ainsi les uns aux autres. *L'homme à la large patte* prit une poignée de poisson et la donna au *Fort.* Cette poignée était d'un demi-bateau. *L'homme au derrière pointu* se mit en colère, il donna un coup de derrière dans la barque et la défonça. L'eau entra. *Le morveux* prit de la morve de son nez, en calfata la barque et la voie d'eau fut bouchée. *Le Fort, Tire charrette* et Hawi Hawei emportèrent leur poisson et allèrent chercher du feu pour le faire cuire. Ils emportèrent ce poisson dans les villages et voulurent le faire cuire. Les gens des villages voyant cette quantité de poisson dirent tout doucement au *Fort* qu'ils n'avaient pas assez de bois, qu'il y avait beaucoup de poisson et qu'ils n'avaient pas assez de bois pour faire cuire tout ce poisson.

Les trois compagnons portèrent le poisson dans la brousse et voulurent le faire cuire, mais ils n'avaient pas de feu. Ils virent la fumée du feu d'une ogresse et d'un ogre (1) sur la montagne. *Le Fort* ordonna à *Tire charrette* d'aller chercher du feu chez cette ogresse. *Tire charrette* alla chercher du feu. Il trouva l'ogresse en train de tisser. L'ogresse lui demanda : Que viens-tu faire, neveu ? *Tire charrette* répondit : Je viens chercher du feu. L'ogresse dit : Passe par ici, ne passe pas par là, la chienne a mis bas et te mordrait. *Tire charrette* obéit à l'ogresse et passa près du métier où l'ogresse tissait, l'ogresse prit une branche de fer de son métier et fit sauter *Tire charrette* dans une chaudière d'eau où il mourut.

Le Fort ne le voyant pas revenir ordonna à Hawi Hawei d'aller après lui voir ce qu'il était devenu. Hawi Hawei alla à la maison de l'ogresse et l'ogresse lui demanda : Neveu, que viens-tu faire? Hawi Hawei repondit : Je viens chercher du feu. Avez-vous vu mon frère cadet qui est venu chercher du feu, madame? L'ogresse répondit qu'elle ne l'avait pas vu. Hawi Hawei voulait prendre du feu, l'ogresse lui dit : Va par ici, neveu, ne va pas par là ; la chienne a mis bas et te mordrait. L'eau dans la chaudière était bouillante. Hawi Hawei écouta l'ogresse et passa au long du métier où elle tissait, elle prit la branche de fer et fit sauter Hawi Hawei dans la marmite d'eau où il mourut.

Le Fort attendait que Hawi Hawei et *Tire charrette* rapportassent du feu pour faire cuire le poisson, mais il ne les vit plus revenir. Il alla à leur recherche. Arrivé à la maison de l'ogresse, celle-ci lui demanda : Neveu, que viens-tu faire ? *Le Fort* répondit : Je viens chercher mes deux cadets, les avez-vous vus venir demander du feu, madame ! L'ogresse dit qu'elle ne

_____

(1) En tjame *Rak*. On assimile les *Rak* femelles aux *Bà chằn* des Annamites.

les avait pas vus. *Le Fort* voulut prendre du feu, il s'approcha
du métier de fer, l'ogresse prit la branche du métier pour faire
sauter *Le Fort*, mais *Le Fort* d'un coup de reins la brisa. *Le
Fort* dit à l'ogresse : Pourquoi avez-vous pris cette barre pour
me faire sauter? L'ogresse ne répondit rien, elle était embar-
rassée. *Le Fort* voulait la tuer. Il dit : mes deux frères cadets
vous les avez faits sauter de même; maintenant dites-moi la
vérité, qu'avez-vous faits d'eux, que je ne les vois plus.

L'ogresse avoua tout, elle dit : *Véritablement j'ai fait sauter
vos deux frères dans la chaudière où ils sont morts. Maintenant
épargnez-moi et je leur ferai prendre une drogue qui les ressus-
citera* (1). *Le Fort* ordonna à l'ogresse de porter cette drogue
et de la donner à *Tire charrette* et à Hawi Hawei. Aussitôt
qu'elle leur eut donné la drogue ils revinrent à la vie. *Le Fort*
ordonna à l'ogresse de lui donner cette drogue de résurrection.
Ensuite il saisit l'ogresse, lui cousit les yeux et la bouche et
l'attacha. Ils arrachèrent toutes les cannes à sucre de l'ogresse.
Ensuite ils lui dirent : Quand ton mari reviendra de la forêt, dis-lui
de suivre les restes de cannes et les suivant jusqu'au bout il
nous trouvera.

Le soir le mari de l'ogresse revint de la forêt portant sur
l'épaule deux éléphants femelles et un petit à la main, il cria à
sa femme de venir lui ouvrir la porte, mais elle ne vint pas.
Il appela deux ou trois fois et sa femme ne lui répondit pas.
Alors il enfonça la porte, entra dans la maison avec ses éléphants
et vit sa femme attachée, les paupières et les lèvres cousues.

L'ogre décousit les yeux et la bouche de sa femme. L'ogresse
alors lui raconta que deux hommes étaient venus chercher du

(1) Je traduis par *drogue*, le texte étant assez vague; mais il s'agit évidemment, comme au numéro XV et dans l'*Homme de la lune* de l'Annamite, de
quelque branche ou rejeton d'arbre qui reprend par bouture.

feu, qu'elle les avait fait sauter dans la chaudière où ils étaient morts; mais il en est ensuite venu un autre, j'ai voulu le faire sauter mais d'un coup de reins il a cassé le levier de fer et m'a ordonné de ressusciter ses deux amis, ensuite ils m'ont cousu les paupières et les lèvres, ils ont arraché toute la canne de notre champ et m'ont dit: Quand ton mari rentrera de la forêt, dis-lui que s'il veut nous suivre il suive les restes de canne que nous cracherons sur tout le chemin; quand il arrivera au bout il nous trouvera.

L'ogre dit à sa femme de lui faire cuire le petit éléphant et de lui donner cinq boisseaux de riz pour se soutenir un peu, ensuite il se mettrait à la poursuite des trois compagnons et les mangerait. La femme fit cuire le petit éléphant, tira cinq boisseaux de riz de la marmite et les donna à son mari. Il les mangea et se mit à la poursuite des trois compagnons.

Il suivit les restes de canne et, au bout de la trace, vit les trois amis. L'ogre dit: Est-ce vous qui avez cousu les paupières et les lèvres de ma femme? Dites vite pour que je vous mange tous trois. Je suis fort irrité contre vous, vous avez mangé tout mon champ de cannes, vous avez attaché ma femme par les pieds et les mains, vous lui avez cousu les paupières et les lèvres. . . . Est-ce vraiment vous qui avez fait tout cela? *Le Fort* dit: Oui, c'est nous qui l'avons cousue. L'ogre dit: Si vous ne lui aviez cousu que les paupières et les lèvres je ne serais pas fort irrité (1). . . . . .

Le Fort dit : . . . . j'avais envoyé mes deux frères pour chercher du feu, la femme avec une barre de fer les a fait sauter dans une chaudière d'eau bouillante où ils sont morts. L'ogre voulait manger ces deux ou trois compagnons. *Le Fort* lui dit:

(1) Il y a ici quelques détails intraduisibles.

Tu vas lutter avec nous pour voir qui est le plus fort, ensuite tu nous mangeras.

L'ogre lutta avec les trois compagnons. *Le Fort* ordonna à *Tire charrette* de lutter avec l'ogre. L'ogre renversa *Tire charrette* et l'enfonça en terre au point qu'il ne sortait plus que sa tête. Hawi Hawei s'élança pour lutter avec l'ogre, l'ogre le renversa et l'enfonça dans la terre ; il ne passait plus que sa tête.

Le Fort s'élança. Il souleva l'ogre et d'un coup l'enfonça dans la terre de manière qu'il ne passait plus que sa tête. Ensuite il dégagea ses deux compagnons.

Le Fort donna un coup de pied à la tête de poisson et la fit sauter jusque dans le royaume de Chine. Ensuite les trois compagnons partirent dans cette direction. Quant à l'ogre il resta là englouti dans la terre. La femme de l'ogre attendit longtemps son mari, ensuite elle alla à sa recherche. Elle arriva près de l'endroit où il était, mais elle ne le voyait pas. Elle s'accroupit et son urine alla presque submerger l'ogre. Celui-ci dit : D'où vient cette inondation qui va me noyer? L'ogresse entendit parler l'ogre, elle accourut et le dégagea, de sorte qu'il ne fut pas submergé par l'urine. L'ogre alors raconta à sa femme que sur ces trois individus il y en avait eu un plus fort que lui qui l'avait ainsi enfoncé dans la terre. L'ogre et l'ogresse s'en retournèrent chez eux.

Le Fort avec Hawi Hawei et *Tire charrette* suivirent la tête de poisson jusque dans le royaume de Chine. Le roi de Chine avait amené des milliers d'hommes de corvée pour traîner cette tête et s'en débarrasser mais ils n'y parvenaient pas. Le roi de Chine dit : Celui qui nous délera de cette tête de poisson, je lui donnerai ma dernière fille en mariage, car tout le pays est infecté de l'odeur.

Les trois compagnons entendirent raconter ce qu'avait dit le roi. *Le Fort* dit que: s'il en était ainsi, il enlèverait la tête de poisson. Les serviteurs allèrent le dire au roi de Chine. Le roi dit: Oui! s'il l'enlève je lui donnerai ma dernière fille en mariage.

Le Fort donna un coup de pied à la tête et la fit voler dans le royaume de Siam. Le roi de Chine donna sa fille au *Fort* mais celui-ci ordonna à *Tire charrette* de l'épouser. Il lui donna la drogue qu'il avait prise à l'ogresse et lui dit de la planter afin que si quelqu'un mourait il pût le ressusciter. Il lui recommanda de la planter dans le jardin derrière la maison et de ne laisser personne entrer dans ce jardin, car cette drogue s'envolerait au ciel, et lui-même, *Le Fort*, mourrait.

Le Fort emmena Hawi Hawei et alla à la suite de la tête de poisson dans le royaume de Siam. Arrivés au pays de Siam ils virent tous les esclaves du roi par milliers et par milliers essayer de traîner cette tête de poisson sans pouvoir y réussir. *Le Fort* demanda au peuple : Frères que faites-vous là? Ces gens dirent qu'ils traînaient cette tête de poisson sans pouvoir y réussir. Le roi avait dit que si quelqu'un l'enlevait il lui donnerait sa dernière fille en mariage. *Le Fort* dit : S'il en est ainsi, je l'enlèverai. Il fut entendu par les serviteurs qui allèrent rendre compte au roi. Le roi dit : Si véritablement il enlève la tête de poisson, je lui donnerai ma fille en mariage.

Le Fort donna un coup de pied à la tête de poisson et l'envoya voler dans la mer. Il dit à Hawi Hawei d'épouser la fille du roi de Siam. Pour lui il prit une charge de pierres du royaume de Siam pour aller au Cambodge et s'en faire un chemin pour revenir dans le pays tjame. Mais le fléau se rompit et ses pierres tombèrent sur les gens dans le royaume de Cambodge. Il y en avait des milliers et des milliers. *Le Fort* revint dans le royaume des Tjames.

Tire Charrette, resté dans le royaume de Chine, oublia la recommandation du Fort et laissa les gens entrer dans le jardin. L'arbre d'immortalité s'envola aux cieux et disparut. *Le Fort* qui était dans le royaume tjame mourut par suite. *Tire Charrette* abandonna sa femme, alla chercher Hawi Hawei dans le royaume de Siam, ils revinrent dans le pays des tjames et moururent à la suite du *Fort*.

IX

L'HOMME AMOUREUX DE LA FILLE DU ROI

En ce temps-là une femme avait donné naissance à un fils.
Ce garçon alla se promener près du palais et devint amoureux
de la plus jeune princesse. Il revint à la maison et demanda à
sa mère de lui donner un buffle blanc pour qu'il montât dessus
et allât le garder au palais du roi. Sa mère lui donna le buffle
à garder, il monta dessus et alla le garder sous le pavillon de
la princesse. En un mois il devint tellement amoureux qu'il
tomba malade. Quand il fut près de mourir il dit à sa mère :
ce n'est pas un génie qui m'a rendu malade, c'est mon amour
pour la fille du roi. Quand je serai mort retirez mon foie, faites-le
sécher et gardez-le dans une boîte. Quand il fut mort sa mère
retira son foie et le fit sécher, quant à son corps elle l'enterra.

Le roi, père de la princesse, eut mal aux yeux et aucune
drogue ne le guérit. Il ordonna à ses serviteurs d'aller chercher
les astrologues pour consulter les sorts. Les astrologues les
consultèrent et dirent : Quelque remède qu'emploie le roi il ne
guérira pas. Il faut chercher un foie d'homme que l'on ait fait
sécher et le faire tremper dans l'eau; le roi s'en lavera le visage
et ses yeux guériront.

Le roi envoya ses serviteurs rechercher dans tous les villages, dans tout le pays si quelqu'un avait un foie d'homme. Ils n'en trouvèrent un que chez cette femme dont le fils était mort d'amour pour la fille du roi.

Les serviteurs prirent ce foie et le rapportèrent au roi. On le mit dans une cuvette, ensuite le roi se lava le visage avec cette eau et guérit.

En se lavant le visage le roi vit dans cette cuvette un petit enfant, véritablement un joli petit enfant. Il jouait dans cette cuvette et portait au doigt une bague. Le roi appela ses trois filles pour voir cet enfant. L'aînée et la seconde vinrent sans qu'il arrivât rien, mais la dernière, l'enfant l'attira dans la cuvette où elle disparut.

Le roi ordonna à ses serviteurs d'aller chercher les astrologues pour venir consulter les sorts au sujet de sa fille. Les astrologues consultèrent les sorts et dirent que c'était le foie d'un homme qui avait jadis été très amoureux de la fille du roi. Le foie s'était changé en enfant afin de pouvoir, lorsque la princesse viendrait le regarder, l'entraîner avec lui dans la cuvette. (Ils annoncèrent que). Par la suite la femme du roi deviendrait enceinte et mettrait au monde un garçon qui porterait au doigt une bague d'or, ce serait cet enfant qui avait entraîné la princesse dans la cuvette; quant à la princesse, avant peu la femme qui avait apporté le foie la mettrait (de nouveau) au monde.

La femme du roi accoucha d'un garçon qui portait une bague à chaton d'or; la femme qui avait donné le foie au roi accoucha d'une fille qui portait deux colliers de grains d'or. Quand ils furent grands le roi les maria. Quand le roi mourut sa fille devint reine et le fils de la femme devint roi.

———————

X

KAJONG [1] ET HALŒK

En ce temps-là Kajong et Halœk étaient l'une la véritable fille, l'autre la fille adoptive. D'elles deux l'on ne savait qui était l'aînée, qui la cadette, car elles étaient du même âge. La mère était tourmentée dans son cœur les voyant aussi égales, ne sachant qui était l'aînée et qui la cadette.

La mère dit à Halœk d'appeler Kajong sœur aînée. Halœk répondit à sa mère que Kajong et elle étaient pareilles, que sa mère fit ce qu'elle voudrait elle y consentait, mais elle ne l'appellerait pas sœur aînée. Alors la mere ordonna à Kajong d'appeler Halœk sœur aînée, et Kajong n'y consentit pas d'avantage. (Elle voulut alors) qu'un jour Kajong appelât Halœk sœur aînée et le jour suivant demoiselle.

Halœk dit à la mère : Si Kajong devait l'appeler demoiselle, qu'elle l'appelât demoiselle, si elle devait l'appeler sœur aînée

(1) Voir *Contes et légendes annamites*, 22. L'héroïne de ce conte est nommée dans le texte tantôt *Jong* tantôt *Kajong*. J'ai adopté dans la traduction une désignation uniforme.

qu'elle l'appelât sœur aînée, mais l'appeler un jour sœur aînée, l'autre demoiselle, elle en aurait honte devant tous les parents. Alors la mère prit des corbeilles, les donna à Halœk et à Kajong et leur dit d'aller prendre du poisson. Si Kajong prenait plus de poissons que Halœk elle serait l'aînée, si Halœk prenait plus de poissons que Kajong ce serait à elle d'être l'aînée.

Les deux sœurs allèrent prendre du poisson, elles virent une grande mare où les poissons étaient très nombreux; tous les poissons s'y trouvaient, il y avait dans cette mare de toutes les espèces de poissons. Kajong descendit, entra dans l'eau et se mit à pêcher. Quant à Halœk elle ne se soucia pas de se mettre à l'eau pour prendre du poisson. Kajong prit treize poissons. Halœk alors descendit à l'eau pour pêcher. Kajong avait pris un demi-panier de poissons, Halœk ne prit que dix krwak. Kajong laissa là le panier de poissons qu'elle avait pris et, fatiguée, elle se reposa sur la berge.

Halœk cherchait du poisson du côté du panier de Kajong. Tout en donnant un coup ici et un coup là elle vola les poissons de Kajong, de sorte qu'elle eut beaucoup et Kajong peu. Quand Kajong revint elle dit à Halœk : Qui m'a pris tous les poissons de mon panier? Halœk nia et dit qu'elle ne les avait pas pris. Kajong ne lui en dit pas davantage; elle savait que c'était Halœk qui avait volé ses poissons. Kajong réfléchissait tristement toute seule; (elle pensait que si) elle allait à la maison sa mère adoptive la battrait. Elle descendit donc pour prendre du poisson, mais elle ne prit qu'un tjarok. Halœk revint à la maison la première, Kajong revint après. Kajong prit son tjarok et le mit dans un puits afin de le nourrir pour être son frère; quant aux trois poissons tjaklêk qu'elle avait pris aussi, elle les porta à la maison. Kajong réfléchissait que le tjarok qu'elle avait pris était solitaire comme elle, c'est pourquoi elle le nourrit pour être son frère. Quant aux trois poissons tjaklèk ils n'étaient pas solitaires comme elle, aussi elle les rapporta à sa mère adoptive.

La mère adoptive voyant qu'elle avait pris le moins de poissons lui ordonna d'appeler Halœk sœur aînée. Elle consentit à l'appeler sœur aînée et quant à raconter que Halœk lui avait volé ses poissons, elle ne le raconta pas à sa mère adoptive.

Sa mère lui ordonna d'aller garder des chèvres qu'elle venait d'acheter, quand Kajong ouvrit à ses chèvres pour aller les garder elle les fit passer devant le puits où elle nourrissait son poisson, elle alla voir le poisson et lui dit : O tjarok! ta sœur aînée vient te voir; je t'ai pris et j'ai vu que tu étais solitaire comme moi, c'est pourquoi j'ai eu pitié de toi. Maintenant je te nourris pour être mon frère cadet.

Elle parla ainsi au tjarok, ensuite elle alla garder ses chèvres. A midi elle renferma ses chèvres, prit du riz et alla le porter au poisson pour le manger. Elle porta du riz au tjarok et lui dit : O tjarok! viens manger du riz, viens recueillir le riz que je te jette. Kajong prit du riz, le jeta dans le puits pour que le tjarok le mangeât. Kajong mangea son riz près du puits avec le poisson, ensuite elle s'en retourna à la maison. Chaque jour elle emportait son riz et allait le manger avec le poisson.

Les jours suivants elle prit son riz et alla le manger avec le poisson, elle appelait le poisson pour manger et le poisson qui était familier avec elle s'entendant appeler montait à la surface et venait manger avec elle. Pendant un mois elle alla toujours manger avec le poisson. Halœk voyant qu'elle emportait son riz la suivit et l'épia. Elle vit que lorsque Kajong mangeait elle appelait le poisson qui montait et venait manger avec elle. Halœk alors revint à la maison.

Le lendemain Kajong alla faire paître ses chèvres. Les chèvres broutèrent du coton et Kajong fut occupée à aller les réclamer aux gens, elle n'alla pas voir le poisson. Halœk était à la maison, elle prit du riz et alla le manger au puits avec le poisson. Elle cria au poisson de monter manger et le poisson l'entendit : Il pensa que c'était Kajong qui l'appelait et monta, Halœk le saisit et l'emporta à la maison. Elle le coupa en deux morceaux, le fit cuire avec du *nước mắm* et le mangea tout entier.

Halœk mangea le poisson sans rien dire à sa mère et à Kajong. Le lendemain Kajong prit du riz et elle alla manger au puits mais elle ne vit plus le poisson. Elle explora le puits mais elle ne l'y trouva plus.

Kajong pleura tristement, réfléchissant qu'elle n'avait pas de parents, qu'elle avait un poisson qu'elle nourrissait comme son frère cadet et maintenant elle ne savait qui était l'impitoyable qui le lui avait volé. En toute occasion, chaque jour elle se consolait avec ce poisson, et maintenant on le lui avait volé et elle demeurait seule et solitaire. Nuit et jour elle pleurait.

Cette nuit elle vit en songe le poisson qui lui dit : O sœur aînée Kajong, ne pleure pas tant, ma sœur ! Quant à moi, celle dont le nom est Halœk m'a mangé pendant que tu gardais les chèvres, elle a porté du riz et m'a appelé pour manger, elle m'a saisi, m'a emporté à la maison, m'a fait cuire avec du *nước mắm* et m'a mangé. Quant à mes arêtes, elle les a mises dans un tube de bambou et l'a enterré à côté de la jarre d'eau. Si tu m'aimes, prends mes arêtes, mets-les dans une noix de coco et enterre-les à un carrefour, afin que lorsque tu iras garder les chèvres je puisse voir le visage de ma sœur. Si tu fais ainsi, tous les jours à toute heure viens me visiter.

Ce poisson parlait ainsi à Kajong et tout en parlant il pleurait. Kajong se réveilla et pleura toute seule, couchée dans sa natte au milieu de la nuit. Le lendemain matin elle alla creuser près de la jarre d'eau et y trouva un tube de bambou.

Elle fouilla dans le tube et trouva les arêtes du poisson. Kajong pleura, ensuite elle prit les arêtes, les mit dans une noix de coco et alla les enterrer à un carrefour. Elle dit : O mon frère! comme tu me l'as dit en rêve (?) voici que j'ai pris les arêtes et je les ai enterrées ici afin qu'allant et venant pour garder mes chèvres je puisse le visiter pour me soulager le cœur. Car je suis bien seule, mon frère. Je n'ai pas de mère, je n'ai pas de père, mon sort est véritablement misérable, ô mon frère! Des frères, je n'ai pas davantage. Quant à ma mère adoptive combien de fois a-t-elle eu pitié de moi?

Kajong parla ainsi aux arêtes et pendant ce temps ses larmes coulaient abondamment. Elle revint à la maison. Le lendemain matin elle ouvrit à ses chèvres et les mena paître; en passant elle alla voir les arêtes du poisson et trouva un soulier d'or à la place où elle les avait enterrées. L'autre soulier un corbeau l'avait emporté et l'avait laissé tomber dans le palais du roi où le roi le trouva. Kajong trouva l'autre. Les arêtes que Kajong avait enterrées là s'étaient transformées en ce soulier.

Kajong emporta ce soulier et le cacha, ensuite elle ramena ses chèvres à la maison. Au bout de deux ou trois jours le roi envoya des lettres dans tous les villages, dans tout le pays disant : Que toutes les jeunes filles petites et grandes viennent au palais pour mettre le soulier du roi, le soulier qu'un corbeau a enlevé et que le roi a trouvé. Si quelqu'une peut mettre ce soulier et qu'il aille à son pied, qu'il ne soit ni trop large ni trop étroit, mais juste au pied, alors le roi l'épousera.

Dans tous les villages, dans tout le pays les gens qui avaient des filles leur dirent de venir au palais du roi pour essayer le soulier que le roi avait trouvé. La mère dit à Halœk d'aller la première, mais pour Kajong, elle ne lui en donna pas la permission.

6.

Kajong réfléchissait et s'attristait dans son cœur et versait des larmes. Sa mère adoptive la voyant pleurer ainsi prit un paquet de fil embrouillé et lui ordonna de le démêler, ensuite elle irait au palais pour essayer le soulier comme les autres. Kajong ne débrouilla pas le fil, elle ne faisait que pleurer. Le seigneur du Ciel la vit ainsi pleurant tristement, il envoya des fourmis ramper dans ce fil, ces fourmis rampèrent dans ce paquet de fils et les dévidèrent tous. Kajong prit le fil et le donna à sa mère adoptive.

La mère alors prit un boisseau de sésame et un boisseau de maïs et ordonna à Kajong de les verser sur un van, de les trier et de mettre le sésame d'un côté et le maïs de l'autre. Quand elle les aurait triés, elle lui permettrait d'aller avec les autres.

Or Kajong d'une part pleurait, de l'autre triait ce sésame et ce maïs. Le seigneur Alwah (1) la vit ainsi pleurer et s'attrister il ordonna aux oiseaux de toute espèce de la forêt, aux termites, aux fourmis, aux scorpions, aux scolopendres, aux cancrelats jaunes, aux cancrelats rouges de venir aider à ramasser, (de venir) aider à trier avec Kajong. Ils trièrent tout le boisseau de sésame et de maïs.

La mère adoptive de Kajong lui permit alors d'aller au palais du roi pour essayer comme les autres le soulier que le roi avait trouvé. Kajong prépara des feuilles de bétel qu'elle enveloppa dans un mouchoir, elle se vêtit d'un langouti et s'en alla solitaire; elle alla toute seule et arriva au palais après les autres. Elle alla droit à l'endroit où se trouvait le soulier qu'elle avait ramassé et qu'elle avait caché. Elle prit ce soulier d'or et le mit dans son mouchoir, ensuite elle alla seule et, tout en marchant,

(1) *Alwah* ou *Aw Lwah* pourrait être une corruption d'*Allah*. Ce conte provient de Tjames païens, mais ils prétendent que leurs congénères musulmans adorent également *Alwah*.

elle réfléchissait et pleurait. Elle pensait que les autres y étaient allées en société et en foule, pourquoi son sort à elle était-il d'être solitaire.

Elle arriva au palais du roi et n'osa pas aller essayer le soulier avec les autres, elle resta cachée derrière le palais. Quant aux filles riches qui avaient des pères, elles étaient dans le palais et essayaient à l'envi d'introduire leur pied dans le soulier trouvé par le roi.

Toutes les filles qui étaient dans le palais essayèrent d'introduire leur pied dans le soulier, mais il n'allait pas. Le roi demanda : De toutes celles qui ont essayé le soulier, ne va-t-il pas (à quelqu'une)? Les gens répondirent : Il ne va à personne. Le roi demanda : Toutes l'ont-elles essayé? Les gens lui répondirent: Il reste encore Kajong qui est derrière le palais. Le roi dit : Dites-lui d'entrer pour venir l'essayer.

Les serviteurs amenèrent Kajong dans le palais pour essayer le soulier, elle l'essaya et il fut juste à son pied. Le roi ordonna à ses serviteurs d'aller la faire baigner et de la ramener au palais pour qu'il en fit sa femme.

Au milieu de la nuit le roi demanda à Kajong? As-tu ta mère et ton père? Elle répondit : Ma mère et mon père sont morts pendant mon enfance quand je commençais à marcher. Ma mère je l'ai vue, mais mon père je n'en ai pas eu plein les yeux, j'étais encore très petite. Maintenant j'habite avec ma mère adoptive. Le roi prit le soulier qu'il avait trouvé et le regarda. Il lui dit : As-tu un soulier semblable à celui-ci? Kajong répondit : Le soulier que j'ai ramassé est tout pareil à celui que le roi a trouvé. Elle le lui montra, le roi le prit et le compara avec l'autre et vit qu'ils étaient pareils. Il dit: C'était véritable ment ta destinée de devenir ma femme, ô Kajong!

Toutes les filles qui avaient essayé de chausser le soulier et n'y avaient pas réussi étaient revenues chez elles. Halœk revint à la maison et dit à sa mère. De tout le pays, de tous les villages les gens sont venus par milliers nombreux à écraser l'herbe et abattre la forêt, (les filles étaient) belles comme le génie de la nuit qui suit la pleine lune, elles avaient les seins ronds comme Ra-Pabwak, et le soulier ne se trouva juste à aucune; Kajong vint la dernière et chaussa le soulier. Maintenant elle est devenue la femme du roi.

La mère de Halœk, avec un mauvais sentiment, dit : Ma fille véritable n'épouserait pas le roi et ma fille adoptive l'épouserait! Elle alla dire un mensonge au roi pour demander à ramener Kajong à la maison. Elle alla au palais du roi. Le roi demanda : Où va cette femme? Elle répondit mensongèrement : Poussière des pieds sacrés de Votre Majesté, je viens parler à Votre Majesté : je vous prie de laisser Kajong revenir à la maison pour deux ou trois jours, ensuite je vous la ramènerai. Si j'entre dans une maison neuve sans être avec ma fille adoptive, je serai extrèmement triste, ô Seigneur? Le roi dit : Soit! si tu veux emmener Kajong à la maison emmène-la, mais ramène-la dans quelques l ours. Le roi ordonna à Kajong de se vêtir de ses beaux habits et d'aller à sa maison avec sa mère adoptive. Kajong mit ses beaux vêtements et alla à la maison avec sa mère adoptive. Quant elles arrivèrent il était nuit. La mère et Halœk prirent du riz pour manger dans la maison, mais elles laissèrent Kajong dehors. Halœk et sa mère ne l'appelèrent même pas pour manger une bouchée, elles mangèrent dans la maison et fermèrent la porte.

Kajong réfléchissait tristement. Si c'était ma vraie mère, se disait-elle, serait-elle irritée de ce que j'ai épousé le roi? Mais une mère adoptive n'est pas nos os et notre sang. Cette nuit

Kajong se coucha sans manger, on ne lui donna pas non plus de natte pour se coucher, elle dormit sur une claie de bambou.

Le lendemain matin Halœk et sa mère inventèrent une histoire pour tromper Kajong. Halœk mena Kajong cueillir des cocos. Étant allées cueillir des cocos elle lui persuada perfidement de monter sur le cocotier. Kajong monta sur le cocotier et Halœk resta en bas ; elle prit sa cognée et se mit à couper le cocotier pour le faire tomber. Kajong sauta sur un autre cocotier, elle dit : O Halœk ! Que fais-tu là ? Peux-tu avoir le cœur d'être si perfide envers moi ? Halœk prit sa hache et coupa le cocotier sur lequel Kajong avait sauté. Kajong dit en pleurant : O Halœk ! tu es véritablement résolue à me tuer ! Je suis orpheline, je n'ai ni père ni mère, ta mère m'a nourrie comme sa fille, et maintenant toi et ta mère vous avez le courage d'agir ainsi ?

Halœk s'attaqua à ce cocotier pour le couper : Kajong lui cria : O Halœk ! quand tu reviendras à la maison dis à ta mère de te mener épouser mon mari, je te connais !

Kajong parla ainsi et, quand elle vit que le cocotier allait tomber, elle se jeta dans un lac qui était à côté et fut transformée en une tortue d'or, et resta dans le lac.

Halœk revint à la maison et dit à sa mère qu'elle avait persuadé à Kajong de monter sur un cocotier, qu'elle avait coupé le cocotier qui s'était abattu et que Kajong était tombée dans le lac et était morte. La fille et la mère furent toutes joyeuses. La mère conduisit sa fille au palais. Elle entra dans le palais et dit au roi : Poussière sacrée des pieds de Votre Majesté, Kajong m'a échappée, je n'ai pu la retrouver, je vous amène ma vraie fille Halœk pour que vous l'époussiez. Le roi dit : Soit ! puisque tu amènes ta fille à la place de Kajong cela se peut. La mère revint chez elle, et Halœk resta dans le palais du roi et fut sa femme à la place de Kajong. Mais le roi était triste, il regrettait toujours Kajong et ne pouvait goûter le sommeil.

Le roi dit à ses serviteurs de le mener chasser le cerf et le chevreuil. Les serviteurs menèrent le roi au lac où Kajong s'était précipitée du haut du cocotier et avait été transformée en tortue dorée. Le roi était triste et plein de souvenirs, il ne savait que faire. Le roi arrêta ses serviteurs pour se reposer près de ce lac et il leur ordonna de le sonder.

Les serviteurs sondèrent le lac et prirent une tortue dorée. Le roi serra cette tortue sur son sein, et la rapporta chez lui. Il ne voulut pas chasser davantage. Le roi prit la tortue et la mit dans une vasque d'or pour la nourrir. Il alla se promener, alors Halœk prit cette tortue d'or, la fit cuire et la mangea. Elle en jeta la carapace derrière la maison et, de cette carapace, il naquit une pousse de bambou.

Quand le roi rentra, il alla voir la tortue et vit qu'elle avait disparu. Il demanda à Halœk si elle avait vu la tortue d'or. Celle-ci répondit qu'elle ne l'avait pas vue. Le roi alors allait mander ses astrologues pour la rechercher (par des procédés divinatoires). Halœk avoua la vérité, elle dit qu'elle était enceinte, qu'elle avait eu envie de manger cette tortue et qu'elle l'avait tuée pour la manger. Le roi ne lui dit rien.

Deux ou trois jours après le roi alla se promener derrière la maison et vit la pousse de bambou qui pointait, il en fu' tout joyeux dans son cœur, il alla la palper et la garda pour son plaisir. Le roi alla se promener encore et Halœk cueillit cette pousse de bambou, la fit cuire et la mangea. Quand le roi revint de sa promenade, il alla voir la pousse et la trouva disparue.

Le roi interrogea Halœk et celle-ci, mensongèrement, lui dit qu'elle était enceinte, qu'elle avait eu envie de la pousse de bambou et l'avait mangée. Le roi ne dit rien, mais Halæk n'était pas enceinte, elle mentait au roi. Le roi n'avait pas couché avec elle.

Les enveloppes de cette pousse de bombou furent transformées en un oiseau bèk qui vint se poser et gémir devant le palais du roi. Le roi entendant gémir ce bèk, fut saisi de tristesse et prononça ce vœu : Si tu es véritablement Kajong, viens te poser dans ma manche. Le bèk vola dans la manche du roi. Le roi le prit et le garda. Deux ou trois jours après le roi sortit pour se promener et Halœk, restée à la maison, prit le bèk, le fit cuire et le mangea. Elle jeta les plumes sur le chemin (?) hors du palais du roi. De ces plumes de bèk naquit un mœkya (1).

Quand le roi revint au palais, il ne vit plus le bèk il demanda à Halœk si elle l'avait vu. Celle-ci dit : En volant il est tombé dans une marmite de potage et y a péri ; je l'avais mis de côté, mais les chiens l'ont emporté. Le roi ne dit rien cette fois non plus.

Le roi ne faisait queregretter ce bèk. Or, des plumes de Bêk, que Halœk avait jetées sur le chemin, il naquit un grand mœkya. Le mœkya ne porta qu'un fruit, ce fruit quand il fut mûr, acquit un parfum incomparable. Quiconque passait devant l'arbre levait les yeux pour le voir, mais le fruit était invisible.

Une vieille annamite qui allait vendre des *ratjam* (2) passa devant l'arbre. Le fruit mûr embaumait. La vieille annamite leva les yeux sur le mœkya et vit le fruit mûr. Elle dit : Si je pouvais avoir ce fruit pour le manger ! Comme il est beau ! Or

(1) *Diospiros ebenaster* (en annamite *cây thi*). Le fruit de cet arbre a une odeur pénétrante ; le germe ressemble à une silhouette de femme.

(2) *Ratjam*, gâteaux secs à forme de crêpes.

le fruit tomba de l'arbre. La vieille le ramassa, le mit dans son panier et le rapporta à la maison où elle le serra dans le .pot au riz. La vieille annamite alla vendre des ratjam et laissa la maison toute seule. Elle n'avait ni fille, ni petite fille. Kajong sortit du fruit de mœkya et fit apparaître du riz, du thé, du bétel, de l'arec, des gâteaux de toute espèce qu'elle mit dans la maison de cette vieille annamite, ensuite elle rentra dans le fruit de mœkya.

Quand la vieille revint de vendre ses ratjam, elle vit le riz sur le plateau, les gâteaux dans la corbeille. Elle dit : Qui m'a ainsi porté ce riz et ces gâteaux? Est-ce quelqu'un qui veut me faire un maléfice? Elle prononça un souhait et mangea du riz et des gâteaux sans aucun effet (fâcheux). Pendant deux ou trois jours il en arriva de même. La vieille, qui était allée vendre ses ratjam, trouva en rentrant à la maison du riz et des gâteaux qu'on lui avait mis là tous prêts. Un jour enfin la vieille se cacha et vit une jeune fille de grande beauté qui portait le riz et les gâteaux pour elle.

La vieille courut et prit Kajong par la main. Kajong se mit à rire. La vieille lui demanda : Tous ces temps-ci, qui m'a porté du riz et des gateaux? Kajong dit : C'est moi. La vieille dit : D'où venez-vous me porter ce riz et ces gâteaux? Kajong répondit : Je demeure dans le fruit de mœkya que vous avez ramassé et que vous avez mis dans la jarre au riz.

La vieille entra dans la maison et alla regarder le fruit de mœkya, elle vit qu'il n'avait qu'une écorce vide. Elle comprit que Kajong était douée de pouvoirs surnaturels et était sortie du mœkya.

Kajong ordonna à la vieille annamite d'aller inviter le roi. S'il vous demande pourquoi, dites-lui que vous faites un festin.

La vieille répondit, avec une maison si misérable, quand le roi viendra et sera là, comment ferons-nous? Kajong répondit: Allez toujours. Quand vous reviendrez, vous trouverez une belle maison. La vieille annamite alla inviter le roi.

La vieille annamite arriva au palais du roi. Les chiens aboyèrent. Les serviteurs demandèrent: Qui vient à cette heure? La femme répondit: C'est moi. Ils dirent: Que venez-vous faire? Elle répondit: Je viens inviter le roi à un festin. Les serviteurs allèrent rendre compte au roi. Le roi dit à ses serviteurs de prendre un palanquin pour le porter à la fête de la vieille annamite. Quand les serviteurs portèrent le roi hors du palais on vit un tapis qui s'étendait de la grande porte du palais à la maison de la vieille. Le roi, monté sur son palanquin, arriva à la grande porte de la maison de la vieille, il vit que l'on avait rempli la maison de gâteaux.

La vieille voyant sa maison devenue si belle, fut frappée de surprise. Les gâteaux dans la maison Kajong les avait fait apparaître. Arrivé là le roi descendit et entra dans la maison. Kajong dit à la vieille de prendre une corbeille des gâteaux qu'elle avait faits et de les offrir au roi pour les manger. Le roi mangea ces gâteaux et vit qu'ils étaient tout pareils à ceux que faisait Kajong. Il fut saisi de tristesse et cessa de manger. Il demanda à la femme: Qui a fait ces gâteaux, madame? La femme répondit : Je ne sais ; il y a beaucoup de monde, je ne sais qui a fait ces gâteaux.

Le roi chiqua du bétel de la corbeille de la vieille et vit que ces chiques étaient toutes pareilles à celles que faisait Kajong. Il se mit à gémir et Kajong gémit aussi. Le roi entendit les gémissements de Kajong, il entra dans la maison de la vieille et vit Kajong, il l'embrassa et pleura. Le roi avait pitié de ce que Kajong était orpheline. Kajong pleurait aussi. Le roi donna de l'or et de l'argent à la vieille annamite pour la récompenser de ses services et il ramena Kajong au palais. Quand Halœk la vit, elle fut toute troublée. Mais elle dissimula et lui dit : Te voilà de retour Kajong ! Kajong dit : Oui. Halœk dit : Je suis venue pour te remplacer auprès du roi, une étrangère y aurait-elle consenti ?

Kajong raconta alors au roi tout ce que sa mère adoptive lui avait fait, et comment Halœk l'avait fait monter sur le cocotier et avait coupé le cocotier, de sorte qu'elle était tombée dans le lac où elle avait été changée en tortue. Tout le reste de l'affaire Kajong le raconta aussi au roi.

Le lendemain Halœk vint causer avec Kajong ; elle lui demanda : Comment fais-tu pour être si blanche ? Kajong lui répondit en plaisantant qu'elle faisait chauffer de l'eau dans une marmite et, quand elle était bouillante, se jetait dedans, c'est pour cela qu'elle était si blanche. Halœk (voulut) l'imiter, elle fit chauffer une marmite d'eau et, quand l'eau fut bouillante, se jeta dedans et fut brûlée et mourut. Kajong ordonna aux serviteurs de la retirer, de dépecer son corps et de le mettre dans la saumure. Ensuite elle leur ordonna de porter cette jarre de salé à sa mère adoptive, et si celle-ci demandait ce que c'était, de lui répondre que c'était de la saumure de poisson que Halœk leur avait commandé de lui porter, et d'ajouter que Halœk lui recommandait de venir la voir.

Les serviteurs portèrent la saumure et dirent à la mère ce que Kajong leur avait commandé de dire. La mère alla pour voir Halœk, arrivée au palais elle entra et vit Kajong. Elle avait les yeux éblouis et lui dit : Est-il vrai que tu m'aies fait dire de venir te voir ? Kajong répondit : Non ! La mère vit alors que ce n'était pas Halœk mais Kajong, elle eut honte devant Kajong et revint chez elle. Elle avait mangé presque tout le salé quand elle trouva une main qui portait une bague, elle reconnut la main et la bague de Halœk sa fille. Alors elle sut que sa fille était morte et que Kajong, étant douée d'une puissance surnaturelle, était ressuscitée.

XI

DEUX FRÈRES PAUVRES [1]

———

Autrefois un homme avait planté du maïs dans un défrichement de la forêt. Quand le maïs fut près de sa maturité, il construisit un mirador pour surveiller son champ. Il s'y endormit profondément et, roulé dans sa natte, il ressemblait à un mort.

Ce jour-là des Krathœn (2) vinrent en cet endroit manger des fruits. Ils virent ce beau champ de maïs et l'homme qui dormait sur le mirador. Les Krathœn s'appelèrent l'un l'autre et ils dirent : Voilà du maïs qui est mûr et nous ne voyons personne y travailler. D'autre part, il y a un mort sur le mirador, nous ne savons si c'est le maître du champ ou un étranger.

Les Krathœn arrivèrent en troupe pour manger le maïs et virent qu'il en était ainsi. Ils se dirent : Allons d'abord enterrer

———

(1) Voir *Contes et légendes annamites,* 71-68. Le texte tjame de ce conte et des suivants n'a pas été autographié. La traduction a pu, par suite, prendre une allure un peu plus libre.

(2) *Krathœn,* espèce de singe.

cet homme, nous reviendrons ensuite manger le maïs. Ils emportèrent donc l'homme. Au milieu du chemin ils se demandèrent les uns les autres. Allons-nous l'enterrer à la montagne du fer, à celle de l'argent ou à celle de l'or : Enterrons-le, dirent-ils, à la montagne de l'or, ce sera mieux.

Les Krathœn emportèrent le dormeur à la montagne de l'or, montagne qu'aucun homme n'avait vue. Une fois arrivés ils se mirent à creuser une fosse dans laquelle ils mirent le corps de l'homme, mais ils ne l'enterrèrent pas. Ils avaient faim et ils allèrent chercher des fruits se proposant de revenir ensuite pour achever.

L'homme se réveilla et vit que dans la fosse tout était or. Il se saisit d'une brassée d'or, et ensuite referma les yeux et se rendormit dans la fosse. Les Krathœn une fois rassasiés revinrent et se dirent : Ce lieu est trop solitaire pour y enterrer cet homme, rapportons-le au mirador. Ils l'y rapportèrent, et quand l'homme se réveilla, il vit qu'il avait une brassée d'or.

Il revint chez lui, se bâtit une belle maison, acheta des rizières et des terres, engagea des serviteurs et vécut en homme riche.

Le frère aînée de cet homme habitait un autre village; il apprit que son cadet avait trouvé beaucoup d'or. Il vint à la maison de celui-ci et lui dit : Où as-tu pris tout cet or ? L'autre lui dit : J'avais fait un champ de maïs sur la montagne et je m'étais couché sur le mirador pour le garder. Des Krathœn vinrent et, me croyant mort, m'emportèrent à la montagne de l'or pour m'enterrer. Ils creusèrent un trou et m'y jetèrent. Là je me réveillai et je vis que tout était or, j'en pris une brassée, ensuite je me rendormis dans le trou. Les Krathœn me rapportèrent au champ de maïs. En me réveillant je vis cet or, je revins à la maison et j'achetai des rizières et des terres.

L'aîné demanda : Quelle est la quantité d'or sur cette montagne? Le cadet répondit : Qui en connaîtrait la quantité? Il y en a énormément. L'aîné dit: Où est le champ de maïs que tu avais planté? Le cadet l'y mena. L'aîné alors monta sur le mirador et le cadet revint à la maison.

Des Krathœn vinrent pour manger le maïs. Ils virent l'homme couché sur le mirador et se dirent : Quel est cet homme qui est venu mourir en ce lieu? Faisons la bonne œuvre d'aller l'enterrer. L'homme les entendait et était tout joyeux dans son cœur; il ne bougeait ni ne disait mot. Les Krathœn l'emportèrent, et, sur le chemin ils se demandèrent : Allons-nous l'enterrer à la montagne de l'or où à celle du fer? Plusieurs d'entre eux dirent : Où vous voudrez, peu importe.

Alors l'homme qui faisait le mort s'écria : Portez-moi tout droit à la montagne de l'or, ce sera mieux. Les Krathœn épouvantés le laissèrent tomber sur les rochers et s'enfuirent. L'homme eut les reins cassés et ne revint jamais plus à sa maison.

XII

LE NIAIS

Voici un conte que les vieillards m'ont raconté autrefois. Je
m'en souviens et je le conte au maître :

Deux époux avaient un fils qui était niais. Le voyant ainsi ils
se dirent : Quand nous serons morts il ne saura pas conserver
ses biens ; nos parents lui prendront tout et il n'aura plus de
quoi vivre. Le père creusa donc un trou à l'intérieur de la palissade qui entourait sa maison, il y enfouit de l'or et de l'argent
et planta en cet endroit un grenadier, un goyavier, un litchi, un
oranger, un cocotier. Ensuite il fondit pour son fils un bâton
d'or long de sept nœuds.

Le père appela son fils et lui dit : Quand nous serons morts,
si tu ne peux conserver tes biens à cause de ta bêtise, conserve
ce bâton. Quand tu voudras prendre une femme tu proposeras
une énigme à la fille, si elle la devine tu la garderas, si elle
ne devine pas tu la quitteras en lui donnant pour indemnité une
des sections de ce bâton. Voici l'énigme : *Le nhúk est sous le
litchi ; qui a vu le roi sous l'oranger?* Telles furent les instructions du père à son fils.

7

Quand ses parents furent morts le niais fut, en deux ou trois ans, dépouillé de tous ses biens; quelques-uns lui donnaient à manger par charité mais il était incapable de gagner sa vie. Il alla alors demander une fille en mariage. Trois jours après qu'ils furent accordés il lui dit : Mon père m'a fait une recommandation, il ne serait pas convenable de ne pas l'observer. La fille répondit : Les ordres des parents sont chose grave; ce qu'ils t'ont dit, dis-le moi, ne me le cache pas. Le mari dit : Mon père m'a dit : Quand tu prendras une femme, propose-lui une énigme, si elle la devine tu resteras avec elle, sinon tu la quitteras.

Il prit ainsi trois femmes successivement sans qu'aucune devinât l'énigme, chaque fois, il cassait une des sections de son bâton et la leur donnait en guise d'indemnité. Au bout d'un an on lui désigna une fille pauvre et sans parents, qui était employée chez des étrangers et on la lui donna en mariage. Il dit à cette fille : Mon père m'a fait une recommandation, il ne serait pas convenable de pas l'observer. La fille répondit : Quoi que ce soit dis-le moi. Le niais dit : C'est une énigme : *Le nhúk est sous le litchí; qui a vu le roi sous l'oranger?*

La fille lui demanda : Sur le terrain où habitaient tes parents, y a-t-il encore une clôture? Non, répondit-il, on l'a coupée. — Y a-t-il encore quelques arbres? — Oui, dit-il, il y a des arbres fruitiers. La fille dit : S'il en est ainsi, mène-moi à cet endroit. — Pourquoi faire, dit-il? — Mène-moi toujours. — Arrivés sur les lieux elle vit le grenadier, le goyavier, l'oranger, le litchi, le cocotier et comprit que sous ces arbres il y avait de l'argent caché. Elle ne dit rien à son mari, mais elle lui ordonna de couper le grenadier et d'en extraire les racines. Pourquoi cela, demanda-t-il? — Travaille toujours, dit-elle. — Il déracina le grenadier et y trouva un tas de sapèques. La femme dit alors à son mari d'aller acheter une paire de buffles, un char et de louer deux hommes et de les ramener. Il fit ce qui lui était commandé. La femme ordonna aux deux hommes d'aller couper des perches et de planter une palissade tout autour de cet endroit et elle acheta du bois pour construire une maison. Quand la maison fut bâtie, elle ordonna à son mari d'abattre tous les arbres pour fouiller au-dessous, prendre l'or et l'argent cachés et les mettre dans la maison. Ainsi ils furent riches comme l'avaient été leurs parents. Ici finit ce conte.

XIII

PRÉDESTINATION

Un homme était à labourer sa rizière quand un astrologue passa dans le chemin. L'astrologue lui dit : C'est en vain que tu laboures, tu ne mangeras pas le riz. L'homme lui demanda pourquoi ? L'astrologue répondit : De tes années et de tes mois il ne te reste qu'un mois de vie, c'est en vain que tu laboures. L'homme dit : En est-il vraiment ainsi, Seigneur ? Certainement, répondit l'astrologue.

L'homme alors détela ses buffles et revint chez lui. Il dit à sa mère : Aujourd'hui je viens vous dire que je ne labourerai plus. Sa mère lui demanda : Pourquoi dis-tu cela ? Qu'est-il arrivé ? L'homme répondit : J'étais à labourer quand un astrologue est passé dans le chemin et m'a dit : Pourquoi laboures-tu ? De tes années et de tes mois il ne te reste qu'un mois de vie. Pourquoi aurais-je continué ? Maintenant je viens vous avertir et vous demander à aller mourir par les chemins et les forêts, car si je mourrais à la maison, cela vous attristerait trop ; donnez-moi de l'argent et du riz pour manger en attendant la mort.

Sa mère essaya de le détourner de son dessein, mais il ne l'écouta pas et partit. Sur sa route il rencontra des *ratong dao* amoncelés dans une mare dont l'eau s'était desséchée presque toute. L'homme dit : Vous êtes comme moi. Aujourd'hui, vous avez encore de l'eau, mais demain la mare sera desséchée et vous périrez tous comme moi. Moi je n'ai plus que vingt-neuf jours, mais je vais vous sauver. Il mit les *ratong dao* dans un pan de son habit, chercha la rivière et les y jeta.

En allant plus loin il vit un nid de fourmis emporté par les eaux. Il entra dans l'eau et rapporta le nid à terre. Il dit aux fourmis : Vous ne périrez pas. Vous êtes je ne sais combien de milliers, mais si vous aviez été portées jusqu'à la mer, les flots vous auraient ballottées et vous auriez toutes péri. Aujourd'hui je vous ai sauvées. Mon sort était comme le vôtre, c'est pourquoi je vous ai fait du bien. Il prit le nid de fourmis et le déposa dans les grands arbres.

Il arriva à un village et demanda aux gens ? Ici y a-t-il un gourou ? Les gens dirent : Il y en a. Si vous le connaissez, dit l'homme, montrez-moi où il demeure, je veux aller étudier. Les gens lui montrèrent la maison du gourou, il y alla et demeura à étudier. Il ne dit rien de son affaire et la garda pour lui.

Quand il fut près du terme il dit au maître : Maître, allez demander pour moi une femme ? Le maître lui dit : Quelle femme as-tu vue, que tu veuilles demander (1) ?.... Le maître lui dit : Tu ne connais pas cette femme. Tous ceux qui, le soir, sont allées pour l'épouser, le matin sont morts. Il en est mort ainsi quatre-vingt-dix-neuf. En l'épousant tu cours à ta perte. Peu importe, répondit l'autre, allez la demander pour moi.

(1) Il y a dans le texte une lacune facile à suppléer.

Le maître, voyant qu'il ne se rendait pas à ses observations, alla faire la demande. L'homme épousa et ne mourut pas. La mauvaise destinée de la femme était épuisée et, quant au mari, les fourmis et les ratong dao qu'il avait sauvés avaient obtenu du seigneur Awluah de lui donner cent ans de vie, de sorte qu'il ne mourut pas. Les deux époux vécurent ensemble jusqu'à la vieillesse.

XIV

PO KLONG GARAY [1]

En ce temps le seigneur Klong Garay et le seigneur Pau
allèrent faire le commerce du bétel. Klong Garay tressa deux
paniers grands comme une écuelle à boire l'eau et ils partirent
portant un langouti pour l'échanger contre du bétel. Ils allèrent
chez les Raiglai; ceux-ci eurent envie du langouti et dirent :
Combien voulez-vous de feuilles pour ce langouti? Klong Garay
dit : Donnez-nous ces deux pleins paniers de feuilles et je vous
donnerai le langouti. Les Raglai voyant ces paniers tout petits
consentirent et prirent le langouti, mais ils avaient beau ajouter
des feuilles ils ne parvenaient pas à les remplir. Tout le village
se mit à cuiellir des feuilles et ils en dépouillèrent toute une
plantation sans avoir rempli les paniers. Les Raglai alors rapportèrent le langouti et le rendirent à Klong Garay. C'étaient
les gens du village de Uk.

De Uk Klong Garay emportant ses feuilles se rendit chez les
Raglai de Shabung. Ceux-ci eurent envie du langouti et Klong
Garay leur proposa de l'échanger contre ses deux paniers de
bétel. Les Raglai dire : Vous voulez plaisanter, deux paquets les
rempliront. Je vous dis la vérité répondit Klong Garay. Les

---

(1) *Garay* ou du moins *ine garay* signifie dragon. *Klong garay* est un per-
sonnage légendaire qui paraît jouer un grand rôle dans l'histoire des Tjames.

Raglai furent tout joyeux et se mirent à cucillir des feuilles, mais sans pouvoir remplir les paniers. Ils dépouillèrent ainsi trois plantations sans y parvenir. Alors ils rapportèrent son langouti à Klong Garay et lui dirent : Il n'y a pas moyen, vous avez un charme, nous ne pouvons remplir ces paniers.

Le seigneur Klong Garay et le seigneur Pau allèrent chez les Raglai de Napuh. Ceux-ci aussi voulurent acheter le langouti et ne purent remplir les paniers. Il en arriva de même dans tous les villages. Klong Garay et Pau emportèrent leur bétel et s'en retournèrent à la maison. En chemin comme il faisait chaud, ils s'arrêtèrent pour se reposer à l'ombre d'un arbre. Pau alla à la maison chercher du riz et Klong Garay resta à la garde du bétel. Lorsque Pau revint, il vit Klong Garay endormi et deux dragons qui lui léchaient le corps. À la vue de Pau ces deux dragons rentrèrent sous terre et disparurent.

Pau comprit alors que Klong Garay était de race royale. Il lui porta le riz mais il n'osait plus manger avec lui et désormais il l'appela du titre de seigneur. Klong Garay dit à Pau de manger avec lui, mais celui-ci ne l'osait pas. Klong Garay lui dit alors : puisque tu n'oses pas manger avec moi, va couper une feuille de bananier et porte-la moi. Pau obéit. Klong Garay prit la feuille, y versa du riz et de son doigt traça une raie pour que Pau mangeât d'un côté et lui de l'autre, et cette raie subsiste jusqu'à maintenant dans la nervure centrale de la feuille. Pau alors osa manger. Quand ils eurent mangé Pau n'osa pas boire à la même gourde que Klong Garay. Celui-ci but le premier, ensuite il serra la gourde entre ses mains et la gourde est restée telle jusqu'à maintenant. De cette façon, Klong Garay but à une moitié de la gourde et Pau à l'autre.

XV

HISTOIRE D'UN GARDEUR DE BUFFLES [1]

Un pauvre homme s'était loué comme gardien de buffles pour gagner sa vie. Son maître eut besoin d'aller à la forêt couper du bois pour construire une maison, il fit atteler les buffles au char et mena le berger avec lui pour garder les buffles. Des gens du village les suivaient avec cinq charrettes.

Quand ils furent arrivés à la forêt ils construisirent un abri et le maître ordonna au berger de rester là pour garder les buffles. Tous les voisins allèrent avec le maître et le berger resta seul avec la mission de garder les buffles de toute la troupe et d'aller chercher de l'eau pour faire leur cuisine.

Tout en gardant ses buffles le berger vit un grand serpent sous un quartier de rocher, il prit un bâton et le tua. La mère et le père de ce serpent étaient allés chercher de la pâture; le berger épia leur retour et tout d'un coup les vit arriver avec un bruit de tempête. La mère voyant son petit mort alla mordre

(1) Voir *Contes et légendes annamites*, 45-51.

l'écorce d'un arbre qui poussait à côté de l'abri que l'on avait
construit et vint la cracher sur son petit. Le lendemain, pendant
que les serpents étaient à la pature, le berger alla voir ce qu'était
devenu le petit et le trouva vivant. Alors il prit de l'écorce de
cet arbre et le cracha sur un *Arik gang* (1) qu'il mit dans une
marmite pleine d'eau. L'*Arik gang* revint à la vie et nagea
dans la marmite.

Peu de temps après le maître et ses compagnons revinrent
de la forêt et chargèrent sur les charriots le bois qu'ils avaient
coupé. Le berger écorça l'arbre merveilleux dont l'écorce avait
servi à ressusciter le serpent et mit cette écorce sur une charrette pour la rapporter à la maison.

En chemin le berger entendit dire qu'une jolie fille était morte.
Depuis quand, demanda-t-il. Il y a un mois, lui répondit-on. Le
berger, laissant son maître continuer sa route se fit mener à
l'endroit où était la morte. Quand il fut arrivé à la salle où avait
lieu la réunion funéraire il demanda : Ces gens-là n'avaient-ils
que cette fille pour se désoler ainsi ? On lui répondit qu'ils
n'avaient que cet enfant. Voulez-vous que je la ressuscite, leur
demanda-t-il. Les parents répondirent : Neveu, si tu peux la
ressusciter ressuscite-la, nous ne savons plus que faire.

Le berger leur dit de faire sortir tous les assistants et de le
laisser seul pour ressusciter leur fille. Les parents firent sortir
tout le monde et tirèrent un rideau devant la porte de la salle.
Le berger prit l'écorce qu'il avait vu employer par le serpent
et la cracha sur la morte, la première fois elle remua les pieds
et les mains, la seconde fois elle ouvrit les yeux et gémit, la
troisième fois elle se leva et demanda à boire. On lui donna
une écuelle d'eau, deux écuelles sans qu'elle fut désaltérée, sa
soif ne fut apaisée qu'après qu'elle en eut bu une jarre.

(1) Espèce de poisson de mer. Ici il s'agit évidemment d'un poisson sec.

La fille ressuscitée était plus belle qu'avant. Ses parents la donnèrent en mariage à son sauveur. Le berger planta dans le jardin de la maison de sa femme l'arbre dont l'écorce avait ce pouvoir merveilleux. Le bruit se répandit bientôt dans tous les villages, dans tout le pays que ce gardeur de buffles ressuscitait les gens. Aussi venait-on le chercher des autres villages. Il dit à sa femme, j'ai planté l'arbre merveilleux dans le jardin, derrière la maison, ne va pas te soulager dans ce jardin, l'arbre s'envolerait au ciel.

Mais, pendant l'absence de son mari, la femme ne tint pas compte de ses recommandations et l'arbre s'envola. Le mari le vit ainsi monter, il s'attacha aux racines avec un chien noir; ils montèrent dans le ciel et maintenant ils se trouvent dans la lune.

XVI

LE GENDRE AVEUGLE [1]

Voici l'histoire de l'aveugle aux yeux clairs qui ne voyait pas son chemin mais qui était plein de finesse.

Les jeunes gens et les jeunes filles de son village le menaient se divertir avec la jeunesse d'un autre village et, au matin, ils le ramenaient. Un matin ils se cachèrent de lui, de sorte qu'il ne put revenir chez lui. Il resta à errer dans l'enclos de la maison où avait eu lieu la fête (2). Il se mit à chercher la porte en faisant semblant de mesurer la palissade, espérant ainsi pouvoir sortir et s'en aller. Le maître de la maison le vit qui mesurait cette palissade et lui demanda : Neveu, que fais-tu là ? L'aveugle répondit : Je mesure votre enclos pour voir s'il est aussi grand que celui de ma mère. Le maître lui demanda : Puisque tu

(1) Voir *Contes et légendes annamites*. B. 15. Ces aveugles sans lésion apparente de l'œil sont désignés dans le tjame par une expression qui signifie : *Celui dont l'œil regarde en arrière* ou *en dedans*.

(2) Les Tjames paraissaient avoir des réunions pour un travail en commun analogue à nos *dénouaillements*. On a vu plus haut, conte I, une de ces assemblées faite pour décortiquer le riz de la maison.

les as mesurés, sont-ils pareils? Oui, répondit l'aveugle. Vous avez donné à votre palissade cinquante brasses de côté, vous l'avez faite sur le type de la nôtre. Ainsi l'aveugle ne voyait pas son chemin et faisait semblant de mesurer des palissades.

En mesurant il était arrivé près du maître de la maison qui était occupé à ajuster une fourche de char. Il causa avec lui et le maître ne s'aperçut pas qu'il était aveugle. Le maître alla chercher dans la maison du bétel pour lui en offrir; pendant ce temps il prit le maillet et frappa sur le coin avec lequel l'autre préparait sa fourche. Quand le maître revint avec le bétel il trouva la fourche prête et un panier de copeaux répandus par terre. Qui a raboté cette fourche et l'a achevée, demanda le maître de la maison. C'est moi, répondit l'aveugle. Le maître le crut, il ne savait pas qu'il n'avait fait qu'enfoncer le coin déjà placé et qu'il avait répandu là des copeaux que le maître avait faits lui-même en rabotant. Le maître de la maison le crut aussi habile que lui et lui donna sa fille en mariage.

Il épousa la fille du maître de la maison et demeura avec elle. Au bout de deux ou trois jours, en allant le matin derrière la maison, il tomba dans un puits. Il ne savait comment faire, il avait mouillé tous ses vêtements, et son turban même était souillé de boue. Il resta dans le puits.

Sa femme vint puiser de l'eau pour faire cuire le riz. Elle le vit dans le puits et lui demanda ce qu'il faisait là. Il lui répondit: Je cure le puits. Ce puits est plein d'herbes et d'ordures. Et il faisait semblant d'arracher les herbes et de les jeter en haut pour que sa femme ne se doutât pas qu'il était tombé dedans. Sa femme lui dit: Laisse mes domestiques curer ce puits. Il fut tout joyeux, car il tremblait et mourait presque de froid. Cependant il fit semblant de vouloir continuer à curer, mais sa femme ne l'écouta pas, elle fit mettre par les domestiques une échelle pour que son mari remontât et le fît changer de vêtement.

Un autre jour la femme de l'aveugle alla au marché. La belle-mère tira le riz de la marmite, le mit sur un plateau et porta à manger à son gendre. Elle mit le plateau près du lit et dit au gendre. Votre femme tarde beaucoup à revenir du marché, je vous ai porté votre repas. Ensuite elle partit. Vint un chien qui mangea le riz et lécha l'écuelle. La belle-mère revint, vit le chien qui léchait l'écuelle et demanda à son gendre s'il avait mangé. Celui-ci répondit que oui. Il en dit autant à sa femme quand elle revint du marché.

Une autre fois la femme alla encore au marché et la belle-mère porta le riz à son gendre. Elle le posa près du lit et sortit pour aller chercher un bol de ragoût. Le gendre avait pris sa hache pour guetter le chien qui lui avait mangé son riz. Quand la belle-mère rapporta le bol de ragoût il entendit le bruit du bol frottant sur le plateau et croyant que c'était le chien, administra à sa belle-mère deux ou trois coups du manche de sa hache. Aux cris de la vieille il s'arrêta, il n'alla pas s'excuser en disant qu'il l'avait prise pour le chien, il resta silencieux et ne toucha pas au riz.

Quand la femme revint du marché la mère lui raconta l'affaire. La femme demanda à son mari pourquoi il avait agi ainsi. Il répondit : D'après mes principes, c'est ma femme qui doit me porter à manger, voilà la règle. Maintenant ta mère est devenue ma belle-mère, elle a agi comme si elle était devenue ma mère, et m'a porté du riz pour manger, cela est contraire à la règle, c'est extrêmement inconvenant. Comme ta mère ne connaissait pas les convenances je l'ai battue.

Un autre jour son beau-père lui dit de mener les domestiques couper du bois pour une charrue. Il partit avec eux, mais il

leur dit que dans la forêt il avait peur et se plaça au milieu d'eux.
Il leur dit en outre : Mes principes veulent que, allant à la
forêt, on cause joyeusement pour réjouir la forêt. Ces gens
causèrent donc pendant tout le chemin et il les suivit en se
guidant sur le bruit de leur conversation. Enfin ils trouvèrent
un arbre propre à faire une charrue. Couperons-nous cet arbre,
lui dirent-ils? — Coupez-le. — Ils le coupèrent et lui dirent
de le façonner, mais il prétendit qu'il avait mal au ventre.
Dégrossissez l'arbre, leur dit-il, et quand je n'aurai plus mal je
le polirai joliment.

Les domestiques dégrossirent l'arbre et le prirent sur leurs
épaules pour le rapporter à la maison. Arrivés à moitié route
l'aveugle fit semblant d'être pris de coliques et secoucha en travers du chemin, Il dit aux domestiques de passer devant, qu'il
avait grand mal au ventre et qu'on le laissât venir après. Les
domestiques le laissèrent là avec une hache et la charrue qu'ils
avaient dégrossie. L'aveugle resta couché au milieu du chemin.

Tout à coup il entendit venir deux cavaliers, et tout en res-
tant couché, il se mit à gémir. Les deux cavaliers lui demandèrent : Pourquoi êtes-vous ainsi couché sur le chemin? Il leur
répondit qu'il avait été couper une charrue et l'avait rapportée
jusque-là, mais, ayant été pris de douleurs de ventre il n'avait
pu aller plus loin. Les deux cavaliers achevèrent de lui tailler
sa charrue pour le décharger d'autant, ensuite ils remontèrent à
cheval et partirent.

La femme alla toute seule au devant de lui. Il l'entendit venir
et lui demanda si sa femme ne venait pas, car il ne la voyait
pas. Celle-ci lui dit : Tu sais merveilleusement faire des façons,
me voici droit devant toi et tu fais semblant de ne pas me voir.
Il s'excusa en disant que c'étaient des plaintes qu'il avait poussées
sans s'adresser à personne.

Sa femme lui demanda : Est-ce toi qui as taillé cette charrue?
Il répondit que oui. Ensuite ils voulurent revenir chez eux : Il
dit à sa femme de marcher devant, et qu'il la suivrait en regar-
dant la forêt. La femme prit les devants, le mari chargé de la
charrue ne pouvait la suivre et la femme l'attendait toujours.
Elle lui dit : Pourquoi traînes-tu toujours ainsi? — Je suis
mécontent, dit-il, de ce que tu as trop relevé ta robe c'est pourquoi je ne t'approche pas ; mes principes veulent que la femme
laisse tomber sa robe jusque sur les pieds, en faisant de la
sorte on se conforme aux préceptes. Il parlait ainsi afin que,
ne voyant pas le chemin il pût se guider sur le frôlement de
la robe de sa femme. Sa femme lui obéit et laissa tomber sa
robe. Ensuite elle se remit en marche et la robe, heurtée par les
pieds, fit un bruit et l'aveugle le suivit. Les deux époux arrivèrent à la maison. Le beau-père vit la charrue toute façonnée
et loua fort l'habileté de son gendre.

Quand vint le temps du labour le beau-père ordonna au gendre
de mener les domestiques au travail. Le gendre dit au gardien
des buffles : Quand tu lâcheras tes buffles ne lâche que les
grands et laisse-moi dans l'étable un petit bufflon. Le berger
lui obéit. Au point du jour les domestiques attelèrent les char-
rues et le berger lâcha ses buffles pour aller aux rizières. Il
laissa un veau renfermé dans l'étable.

La femme de l'aveugle lui prépara des chiques de bétel et
lui dit d'aller aux rizières. Notre homme alla droit à l'étable et
dit : Qu'a fait ce drôle? Il a ouvert aux buffles et a laissé un
veau. Il ouvrit le verrou, entra dans l'étable, prit le bufflon
par la queue et le poussa vers les rizières. Quand le bufflon
courait, l'aveugle courait, quand le bufflon allait doucement,
l'aveugle allait doucement, si le bufflon sautait un fossé ou
entrait dans une mare, l'aveugle en faisait autant. En faisant
de la sorte il avait mouillé ses vêtements, ses cheveux, son

turban. Tout à coup, en sautant un fossé, la queue du bufflon lui échappa, il tomba dans le fossé et y resta ne sachant
comment faire pour sortir de là. Cette fois-ci, se dit-il, on
s'apercevra que je suis aveugle. Il resta dans le fossé à arracher
les herbes et à faire semblant de maugréer contre les domestiques. Avec des fossés aussi plein d'herbes, disait-il, comment faire des rizières ou des plantations?

Sa femme alla porter le riz aux champs, elle le trouva tout
trempé dans le fossé. Elle lui demanda ce qu'il faisait là. Il
répondit qu'il avait vu ce fossé tout plein d'herbes et qu'il
restait à l'en purger. Ce fossé n'est-il pas à nous, dit-il. Si,
répondit la femme. Alors, dit-il, avec de pareils fossés comment
aurions-nous de beau riz? Le mari et la femme allèrent ensemble
aux rizières, la femme marchant devant, le mari derrière, et
quand ils y furent arrivés, il ordonna aux domestiques d'aller
curer le fossé où il était tombé.

La femme revint à la maison, le mari resta aux rizières. Quand
le soleil déclina, il ordonna au berger de lui atteler des buffles
pour labourer. Le berger attela les buffles et l'aveugle se mit à
labourer. Passant d'une pièce dans un autre, franchissant les
talus et les tertres. Le beau-père qui était venu à la rizière
voyant cette étrange façon de labourer, lui dit : Comment laboures-
tu, tu n'épargnes ni les talus, ni les tertres. C'est répondit l'autre
que sur les talus je veux planter du maïs et le riz dans le bas,
sans cela il y a trop de terrain de perdu. Fais comme tu voudras dit le beau-père. Il laboura donc les talus et les tertres;
dans la rizière il planta du paddy, sur les talus du maïs et des
courges, et quand le maïs et les courges eurent mûri, le beau-
père fit un grand éloge de son gendre.

Des gens tuèrent un buffle et invitèrent les beaux parents,
leur fille et leur gendre à venir manger ce buffle. Les deux

époux se rendirent à la fête, la femme marchait devant, le mari derrière. La femme parla pendant tout le chemin, le mari la suivait au son de la voix et ils arrivèrent ainsi à la porte de l'enclos de leur hôte. La femme se mêla dans la foule des assistants et l'aveugle ne sut ce qu'elle était devenue. Il alla dans la cour, à l'endroit où l'on faisait cuire le buffle et où il entendait parler. Ceux qui étaient là lui dirent d'aller sur l'estrade avec les autres. Non, dit-il, mes principes veulent que je vous aide. Je vais vous entretenir le feu, visiter la cuisine (1)..... Les gens qui faisaient cuire le buffle le prirent par la main et le menèrent jusqu'à l'estrade. Là il se mêla à la conversation et personne ne s'aperçut qu'il était aveugle.

L'on mit sur la table un plateau de riz et la viande de buffle. Les autres mangèrent d'abord le riz, mais lui prit du bouillon et du ragoût et les jeta sur son riz. Les gens lui voyant faire cette mixture lui dirent : Pourquoi cette étrange façon de manger ? Il répondit : Dans un moment, ne se mêleront-ils pas tous dans le ventre ? Tous dirent qu'il avait raison. En réalité, il ne savait pas ce qu'il avait pris. En attendant il se gorgea de viande de buffle à en crever et cela lui rendit la vue.

Il était extrêmement joyeux d'avoir recouvré la vue, mais quand il s'agit de s'en retourner il ne savait où était sa maison et n'aurait pu reconnaître sa femme. Il demanda donc du vin au maître de la maison et en but une tasse. Il n'était pas ivre, mais il fit semblant de l'être et se mit à plaisanter avec les jeunes filles et à dire des injures à leurs mères. Sa femme le voyant gris vint le prendre par la main et le ramena à la maison. Ce fut ainsi qu'il connut sa femme et ses beaux-parents.

(1) Le texte présente ici une lacune.

XVII

CHANSON D'ENFANTS

Aigrette! aigrette! Pourquoi es-tu maigre? — Si je suis maigre c'est que les crevettes ne montent pas.

Crevette! crevette! Pourquoi ne montes-tu pas? — Si je ne monte pas c'est que les herbes me retiennent.

Herbe! herbe! Pourquoi foisonnes-tu? — Si je foisonne c'est que le buffle ne me mange pas.

Buffle! buffle! Pourquoi ne manges-tu pas? — Si je ne mange pas c'est que le piquet ne se défait pas.

Piquet! piquet! Pourquoi ne te défais-tu pas? — Si je ne me défais pas c'est que bêk ne garde pas.

Bêk! Bêk! Pourquoi ne gardes-tu pas? — Si je ne garde pas c'est que j'ai le ventre gonflé.

Ventre! ventre! Pourquoi es-tu gonflé? — Si je suis gonflé c'est par le riz cru.

Riz! riz! Pourquoi es-tu cru? — Si je suis cru c'est que le bois est mouillé.

Bois! bois! Pourquoi es-tu mouillé? — Si je suis mouillé c'est que la pluie est continue.

Pluie! pluie! Pourquoi es-tu continue? — Si je suis continue c'est que la grenouille se gratte le derrière.

Grenouille! grenouille! Pourquoi te grattes-tu? — Si je me gratte c'est que nos aïeules se sont grattées. Comment pourrais-je ne pas me gratter?

TABLE DES MATIÈRES [1]

[1] Le texte autographié ne comprend que les dix premiers de ces contes et un onzième (portant le nᵒ VI dans le texte) qui n'a pas été traduit à cause de sa grossiéreté et du peu d'intérêt qu'il présentait. L'ordre et les titres ont été légèrement remaniés, mais l'identification sera facile à faire.